KB248045

사랑에 관하여

О любви

사랑에 관하여

안톤 체호프 지음 | 이상원 옮김

니케북스

작가 소개

안톤 파블로비치 체호프(1860~1904)는 러시아 사실주의 문학을 대표하는 극작가이자 단편소설의 거장이다. 1860년 1월 러시아 남부의 항구 도시 타간로그에서 태어났다. 모스크바대학교 의학부를 졸업해 의사로 일하면서도 문학 창작을 병행했고, 인간의 고통과 존엄, 삶의 아이러니를 섬세한 시선으로 포착했다.

초기에는 풍자적 유머를 담은 단편으로 이름을 알렸으나, 점차 인간 존재의 공허함과 삶의 의미를 탐색하는 깊이 있는 작품 세계로 나아갔다. 그는 화려한 사건보다 일상의 미세한 정서를 통해 인물의 내면을 드러내는 데 탁월했으며, 이를 통해 단편소설의 새로운 방향을 제시했다. 대표작으로는 〈개를 데리고 다니는 부인〉, 〈관리의 죽음〉, 〈6호 병동〉, 〈사랑에 관하여〉 등이 있으며, 희곡에서는 《벚꽃 동산》, 《세 자매》, 《바냐 아저씨》 등으로 근대극의 토대를 세웠다.

체호프는 인생의 사소한 순간을 비극과 희극이, 사랑과 회한이 교차하는 모순된 세계로 바라보며, 한 개인의 내면을 통해 시대의 윤리와 사회의 변화를 성찰했다. 간결하고 절제된 문체 속에서 인간의 연민과 진실을 포착한 그의 작품들은 지금도 전 세계 독자에게 '인간을 이해하는 문학'으로 읽히고 있다.

차례

일러두기
- 이 책의 맞춤법은 '한글 맞춤법'의 허용 기준을 따르는 것을
  원칙으로 하였다.
- 이해를 돕기 위해 작성한 옮긴이 주는 본문 내에 삽입하고,
  편집자 주는 기호를 붙여 각주로 처리했다.

그와 그녀

그들은 떠돌아다닌다. 파리에서는 몇 달을 보내지만 베를린, 비엔나, 나폴리, 마드리드, 상트페테르부르크 등 다른 수도들에서는 잠깐만 머무른다. 파리는 그들에게 집처럼 편안하다. 파리는 그들의 수도이자 거주지인 반면 유럽의 나머지 지역은 따분하고 무의미한 시골, 그랜드 호텔의 닫힌 커튼 틈새나 무대 장막 뒤에서 바라보면 족한 곳이다. 그들은 아직 젊은 나이인데도 유럽의 모든 수도를 벌써 두세 번씩 방문했다. 유럽은 싫증이 나버렸으므로 이제 그들은 미국 방문에 대해 이야기하기 시작했다. 그녀의 목소리가 건너편 대륙에 들려줄 만큼 훌륭한 수준이 아니라는 걸 깨달을 때까지 그 이야기는 계속 이어질 것이다.

그들을 직접 보기는 어렵다. 거리에서는 절대 볼 수 없는데 그건 어두운 저녁이나 밤에 마차를 타고 이동하기 때문이다. 점심때까지 잠을 자고 대개 찌뿌둥한 기분으로 깨어나며 아무도 만나지 않는다. 다른 사람을 만나는 것은 가끔, 일정하지 않은 때, 무대 뒤나 저녁 식사 자리에서뿐이다.

시중에서 판매하는 사진에서 그녀를 볼 수 있다. 사진 속의 그녀는 미인이지만 사실은 결코 미인이 아니다. 사진에 속지 마시라. 실은 추녀에 가깝다. 대다수 사람들은 무대에 선 그녀를 본다. 오페라 무대 위의 그녀는 아예 다른 사람이다. 분가루, 연지, 마스카라, 그리고 남의 머리카락으로 만든 가발이 그녀의 얼굴을 뒤덮고 있다. 콘서트 때도 마찬가지다.

마르가리타를 연기할 때, 주름이 많고 움직임이 둔하며 코 위에 주근깨 가득한 스물일곱의 그녀는 날씬하고 예쁜 열일곱 소녀로 보인다. 무대 위의 그녀는 본 모습과 완전히 딴판이다.

그들을 보고 싶다면 그녀가 초대된 만찬에, 혹은 다른 수도로 떠나기 전에 그녀 자신이 직접 주최한 만찬에 참석할 자격을 얻어야 한다. 그 자격을 얻는 게 쉬워 보일지 몰라도 그 식탁에는 오로지 선택된 사람들만 앉을 수 있다. 비평가들, 비평가로 행세하는 사람들, 현지 가수들, 지휘자들과 합창단장들, 애호가들, 대머리 평론가들, 극장의 단골 관객들, 재력이나 인맥 덕분에 끼어들 수 있는 사람들이 그렇다. 이런 만찬 자리는 지루하지 않다. 관찰자에게는 꽤 흥미로우니 두 번 정도는 가볼 만하다.

유명 인사들(식탁에 앉은 많은 수가 여기 해당한

다)은 먹고 이야기를 나눈다. 자세는 자유롭다. 목은 이쪽으로, 머리는 저쪽으로 기울이고, 한쪽 팔꿈치는 테이블 위에 올린다. 노인들은 이를 쑤시기까지 한다.

신문 기자들은 그녀와 가까운 자리를 차지한다. 거의 다 술에 취해 있고 그녀와 백 년 동안 알고 지내기라도 했다는 듯 편하게 행동한다. 조금만 더 취하면 도를 넘을지도 모른다. 큰 소리로 농담을 주고받고 술을 들이켜고 거침없이 말을 끊는다(그러면서도 '실례합니다!'라고 인사하는 건 잊지 않는다). 하나 마나 한 건배사를 떠들어대며 멍청이가 되는 걸 두려워하지 않는다. 몇몇은 식탁 위로 몸을 굽히고 신사처럼 그녀 손에 입을 맞추기도 합니다.

비평가로 행세하는 이들은 애호가나 평론가들에게 훈계조로 떠들어댄다. 애호가와 평론가들은 입을 열지 않는다. 그저 기자들을 부러워하고 행복한 미소를 지으며 이런 만찬에 주로 나오는 고급 포도주를 마신다.

　만찬의 주인공인 그녀는 단순하지만 엄청나게 비싼 옷을 차려입었다. 레이스 목깃 위로 커다란 다이아몬드가 보인다. 양팔에는 굵고 매끄러운 팔찌를 끼었다. 머리 모양은 좀 묘한데 부인들은 좋아하고 남자들은 마음에 들어 하지 않는다. 그녀는 빛나는 얼굴로 모든 만찬 참석자들에게 밝은 미소를 짓는다. 모두에게 한꺼번에 미소를 보내고 모두와 동시에 대화하며 모두에게 상냥하게 고개를 끄덕일 수 있는 능력을 지녔다. 그녀의 얼굴을 보면, 주변에 앉아 있는 이들이 모두 친구이고 그녀가 친구들에게 가장 다정한 태도를 취하고 있는 듯 여겨진다. 만찬이 끝나면 그녀가 몇몇 사람들에게 자기 사진을 선물한다. 그 행운아들의 이름과 자필 서명을 사진 뒷면에 써주는 것도 잊지 않는다. 만찬 중에 그녀는 당연히 프랑스어를 하지만 끝날 때는 다른 언어도 한다. 영어와 독일어는 우스울 정도로 서툴지만 그 모습은 사랑스럽다. 전체적으로 그녀는 사랑스러워 보여서 실은 추녀라는 걸 오랫동안 잊어버리게 된다.

자, 그러면 그는 누구일까? 그녀의 남편인 그는 다섯 자리쯤 떨어져 앉아 양껏 마시고 먹고 많이 침묵하며 빵을 공처럼 뭉치기도 하고 술병 라벨을 읽고 또 읽기도 한다. 아무 할 일이 없고 지루하고 게으르며 다 귀찮다는 듯한 모습이다.

그는 금발인데 군데군데 머리카락이 빠져 머리통 여기저기에 작은 길들이 나 있다. 여자들, 술, 불면의 밤, 그리고 떠돌이 생활이 그의 얼굴에 밭고랑처럼 깊은 주름을 남겼다. 서른다섯 살이 채 되지 않았지만 외모로는 더 늙어 보인다. 얼굴은 크바스*에 절인 듯 갈색이다. 두 눈이 아름답지만 게으른 성품이다……. 과거의 그는 추남이 아니었으나 지금은 추하게 생겼다. 다리가

---

* 발트해 연안 국가와 동유럽 전역에 퍼진 저알코올 음료.

굽었고 손은 흙빛이며 목에 털이 많다. 굽은 다리와 기묘한 걸음걸이 덕분에 유럽에서 '마차'라는 놀림을 받는다. 연미복을 입으면 꼬리만 빼고 몸통이 다 물에 젖은 갈까마귀처럼 보인다. 만찬 참석자들은 그의 존재에 신경 쓰지 않는다. 그 역시 그들을 마찬가지로 대한다.

당신이 만찬에 참석한다면 이 부부를 잘 관찰하고 말해달라. 이 한 쌍을 연결해 주었던 것, 지금 연결해 주고 있는 것이 무엇인지 말이다.

두 사람을 보고 난 후 당신은 아마 이렇게 대답할 것이다. "그녀는 유명한 가수이고 그는 그저 유명한 가수의 남편, 더 솔직히 말하면 한 여자의 남편일 뿐입니다. 그녀는 러시아 돈으로 한 해 8만 루블까지 벌지만 그는 아무 일도 하지 않기 때문에 그녀의 일을 처리해 줄 시간이 있습니다. 회계를 담당하고 극장주를 상대해 계약 업무를 대신할 사람이 필요하니까요. 그녀는 박수를 보내는 관객에게만 신경 쓸 뿐 돈처럼 현실적인 문제에는 아예 무관심합니다. 그러니 그녀한 테는 비서 겸 직원으로서 그가 필요합니다……. 그녀가 직접 일을 처리할 수 있었다면 아마 그를 내쫓았을 수도 있습니다. 그는 그녀에게서 상당한 급여를 받고 있을 테지만(그녀는 어차피 돈의 가치를 제대로 모르니 말입니다!) 틀림없이 하녀들과 함께 그녀의 돈을 훔치고 물 쓰듯 낭비하며 혹시 모를 사태를 대비해 숨겨두기도 했을 겁니다. 그는 맛 좋은 사과에 기어든 벌레처럼 자기 상황에 만족합니다. 그녀에게 돈이 없었다면 그는 지체 않고 떠났을 것입니다.”

만찬 때 부부를 지켜본 사람들은 모두 이렇게 생각한다. 상황의 본질을 꿰뚫지 못하고 표면적으로만 판단하기 때문에 그렇다. 그녀는 프리마돈나라고 우러러보는 반면 그는 개구리 점액을 뒤집어쓴 피그미족이라도 된다는 듯 피한다. 하지만 유럽의 프리마돈나인 그녀는 개구리 같은 그와 아주 우아한, 누구나 부러워할 만한 관계를 맺고 있다.

이제 그가 쓴 글을 읽어보자.

‘사람들은 이 사악한 여자를 왜 사랑하냐고 묻습니다. 사실 이 여자는 사랑받을 만한 존재가 아닙니다. 미움받을 가치조차 없습니다. 그저 무관심과 무시의 대상이 되어야 마땅할 겁니다. 그녀를 사랑하려면 제가 되거나 미친 사람이 되어야 합니다. 사실 둘은 같은 얘기죠.

그녀는 아름답지 않습니다. 저랑 결혼했을 때 추녀였고 지금은 한층 더합니다. 그녀는 이마가 없습니다. 눈 위에는 눈썹이 없고 보일락 말락한 선이 그어져 있습니다. 눈이 있어야 할 곳에는 얕은 틈새가 두 개 있습니다. 그 틈새로 빛나는 건 아무것도 없습니다. 지성도, 욕망도, 열정도, 아무것도요. 코는 감자 같습니다. 입은 작고 그나마 예쁘지만 이빨이 엉망입니다. 그녀는 가슴도, 허리도 없습니다. 이 마지막 결함은 코르셋을 초자연적으로 조이는 사악한 능력으로 감

취집니다. 그녀는 키가 작고 뚱뚱하며 살이 축 늘어진 상태입니다. 전체적으로 그녀의 몸에는 가장 중대한 결함, 여성스러움이 전혀 없다는 결함이 있습니다. 저는 창백한 피부나 힘없는 근육을 여성스럽다고 여기지 않습니다. 아마 이 점에서는 많은 이들과 저와 견해를 달리하겠죠. 그녀는 귀부인이라기보다는 퉁명스러운 가게 주인에 가깝습니다. 팔을 휘저으며 걷고, 앉아서는 다리를 꼰 채 몸을 앞뒤로 흔들며, 누워서는 다리를 들어 올리는 식입니다.

그녀는 단정하지 않습니다. 이건 여행 가방을 보면 바로 알 수 있습니다. 깨끗한 속옷과 더러운 속옷이, 소매 장식과 슬리퍼에 제 부츠가, 새 코르셋과 망가진 코르셋이 마구 섞여 있거든요. 우리는 숙소에 손님을 초대하는 일이 없는데 그건 방 안이 그야말로 지저분한 난장판이기 때문입니다…… 또 뭘 말하면 좋을까요? 낮 12시에 잠에서 깬 그녀가 느릿느릿 잠자리에서 기어 나오는 꼴을 본다면 꾀꼬리 같은 목소리의 가수와 전혀 연결되지 않을 겁니다. 헝클어져 엉켜버린 머리카락, 잠에 취해 부은 눈, 어깨가 찢어진 셔츠, 맨발, 간밤의 담배 연기 속에서 비틀거리는 그녀가 프리마돈나로 보이겠습니까?

그녀는 술을 마십니다. 경기병(輕騎兵)이라도 된다는 듯 시간과 주종을 가리지 않습니다. 술을 마신 지는 이미 오래전부터입니다. 술을 마시지 않았다면 이태리 가수 파티*보다 더 성공하면 했지 못하진 않았을 것입니다. 그녀는 경력의 절반을 술로 날려버렸고 나머지 절반도 곧 날려버릴 겁니다. 독일 놈들이 그녀에게 맥주를 가르쳤고 이제는 맥주 두세 병을 마시지 않고는 잠들지 못할 정도입니다. 술을 마시지 않았다면 위염도 안 생겼을 테지요.

그녀는 무례합니다. 종종 그녀를 초대해 음악

---

* Adelina Patti(1843~1919): 이탈리아 출신 소프라노.

회를 여는 대학생들이 증인이 될 겁니다.

그녀는 광고를 좋아합니다. 광고에 매년 수천 프랑이 들어갑니다. 저는 광고가 정말 싫습니다. 물론 그 빌어먹을 광고가 아무리 비싸다 해도 그녀의 목소리보다는 늘 더 쌀 겁니다. 아내는 찬사받는 걸 좋아할 뿐, 솔직한 진실은 질색합니다. 돈으로 산 유다의 키스가 돈 들이지 않은 비평보다 반가운 거죠. 그래서 자신의 진정한 강점을 절대 알지 못합니다.

그녀는 똑똑하지만 제대로 교육을 받지 못했습니다. 그 뇌는 이미 오래전에 유연함을 잃고 지방에 뒤덮여 잠들어 있습니다.

그녀는 변덕스럽고 일관성이 없으며 그 어떤 확고한 신념도 없습니다. 바로 어제, 돈은 아무것도 아니라고, 본질은 돈에 있는 게 아니라고 말했으면서, 오늘은 세상에서 돈보다 더 중요한 것은 없다며 네 군데 공연에서 노래를 합니다. 내일이 되면 다시 어제의 생각으로 돌아가겠죠.

그녀는 조국에 관심이 없습니다. 지지하는 정치인도. 좋아하는 신문이나 작가도 없습니다.

그녀는 부자이지만 가난한 이들을 돕지 않습니다. 모자 가게나 미장원에 제대로 돈을 지불하지 않는 경우도 있습니다. 공감하거나 동정하는 마음이 없는 거죠.

그야말로 완전히 타락한 여자입니다!

하지만 이 사악한 여자가 덕지덕지 화장을 하고 머리를 꾸미고 코르셋으로 몸을 조인 채, 5월의 새벽을 반기는 꾀꼬리나 종달새와 경쟁이라도 하려는 듯한 태세로, 무대 조명 속으로 걸어 들어갈 때, 그 모습을 한번 보십시오! 그 백조 같은 걸음걸이가 얼마나 품위 있고 아름다운지요! 다시 부탁드리는데 주의 깊게 살펴보세요. 처음으로 팔을 들어 올리고 입을 열 때 그 찢어진 작은 틈새는 커다란 눈동자로 변하고 광채와 열정으로 가득 차게 됩니다. 이토록 매력적인 눈은 어디에서도 볼 수 없을 겁니다. 제 아내인 그녀가 노래를 시작할 때, 첫 음절이 공기 중에 울려 퍼질 때, 그 신비로운 소리가 제 어지러운 마음을 차분히 가라앉힐 때, 그때 제 얼굴을 봐주십시오. 그러면 제 사랑의 비밀이 드러날 것입니다.

"정말 아름답지 않나요?" 저는 옆자리의 사람들에게 묻습니다.

그들은 "네,"라고 답하지만 저한테는 그걸로 부족합니다. 혹시라도 이 놀라운 여성이 제 아내가 아니라고 생각하는 사람이 있다면 다 없애버리고 싶죠. 저는 이렇게 과거를 모두 잊고 오로지 현재만을 살아갑니다.

보십시오, 그녀는 얼마나 훌륭한 가수인가요! 몸짓 하나하나에 얼마나 깊은 의미가 숨어 있는지요! 그녀는 모든 것을 이해합니다. 사랑도, 증오도, 인간의 영혼도…… 그래서 극장이 떠나가라 박수갈채가 터져 나오는 것입니다.

마지막 막이 끝나면 제가 그녀를 극장에서 데리고 나옵니다. 그녀는 하룻밤에 평생을 살아낸

듯 창백하고 기진맥진합니다. 저도 똑같이 창백하고 지친 모습이죠. 우리는 마차를 타고 호텔로 갑니다. 호텔에서 그녀는 옷도 벗지 않고 말없이 침대로 뛰어듭니다. 저는 침대 옆에 앉아 그녀의 손에 입을 맞춰줍니다. 그런 밤에 그녀는 나를 밀어내지 않습니다. 우리는 함께 잠들어 아침까지 자고, 일어나면 다시 서로를 저주하기 시작합니다…….

제가 그녀를 사랑하는 또 다른 순간도 있습니다. 무도회나 만찬에 참석할 때입니다. 저는 그녀 안에 있는 대단한 배우를 사랑합니다. 그녀처럼 본 모습을 그렇게 감쪽같이 속일 수 있는 배우가 또 있을까요? 그 멍청한 자리에서 그녀는 완전히 다른 사람이 됩니다……. 털 뽑힌 오리가 공작새가 된다고나 할까요…….'

이 편지는 술에 취해 내갈긴, 알아보기 힘든 필체로 쓰여 있다. 독일어인데 틀린 철자투성이다.

이번에는 그녀의 글을 읽어볼 차례다.

‘제가 저 사람을 사랑하냐고 물으셨죠? 네, 가끔은 그렇습니다. 그 이유는…… 신만이 아시겠죠.

사실 그는 못생겼고 매력도 없습니다. 사랑을 얻을 권리가 박탈된 채 태어나는, 그런 종류의 사람이죠. 그런 사람에게는 사랑이 그냥 주어지지 않기 때문에 돈을 주고 사야만 합니다. 한번 스스로 생각해 보세요.

그는 낮과 밤을 가리지 않고 잔뜩 취한 상태입니다. 손을 떠는 꼴이 보기 싫지요. 술에 취하면 그는 화를 내고 싸움을 벌입니다. 그는 저도 때립니다. 술에 취하지 않았을 때는 아무 데나 누워서 입을 다물고 있죠.

그는 항상 누더기 같은 차림입니다. 옷 살 돈이 부족한 것은 아닙니다. 제 수입의 절반이 그의 손을 거쳐 간데없이 사라지거든요.

그렇지만 그를 통제할 수는 없습니다. 기혼 여성 예술가들에게는 회계 담당자가 아주 값비싼 존재입니다. 남편들은 회계 일을 하면서 수입의 반을 가져가죠.

그가 여자들에게 돈을 쓰는 건 아닙니다. 그건 제가 잘 압니다. 그는 여성들을 경멸하거든요.

그는 게으름뱅이입니다. 무슨 일이든 하는 걸 본 적이 없습니다. 그저 술 마시고 먹고 자고 할 뿐입니다.

그는 제대로 학업을 마치지 못했습니다. 대학 1학년 때 퇴학을 당했지요.

그는 귀족도 아니고, 제일 끔찍한 건 독일 사람이라는 겁니다.

저는 독일인을 좋아하지 않습니다. 독일인이 백 명이라면 구십구 명은 바보이고 한 명은 천재더군요. 저는 그 한 명을 프랑스계 독일 귀족으로 만나보았답니다.

그는 냄새가 역겨운 담배를 피웁니다.

하지만 그에게 좋은 면도 있습니다. 그는 제 고상한 예술을 저보다 더 사랑합니다. 공연 시작에 앞서 제가 병이 나서 (다시 말해 변덕이 나서) 노래를 못 부른다는 공지가 나가면 그는 시체처럼 축 처져서 걸어 다닌답니다.

그는 겁쟁이가 아니고 사람들을 두려워하지 않습니다. 저는 이 점이 가장 훌륭하다고 생각합니다. 잠깐 제 인생의 한 장면을 소개해야겠군요. 제가 음악 학교를 졸업하고 한 해가 지났을 때 파리에서 일어난 일입니다. 그 시절에 저는 아주 젊었고 막 술을 배운 참이었습니다. 매일 밤 제 젊음이 허락하는 한 술을 마셔댔습니다. 물론 친구들과 함께요. 어느 날 그런 술자리에서 유명인사 팬들과 건배를 하며 술을 마시고 있을 때 처음 보는 못생긴 청년이 다가오더니 제 눈을 똑바로 쳐다보며 물었습니다. "대체 왜 술을 마시는 거죠?"

저와 친구들이 깔깔대고 웃었지만 청년은 아랑곳하지 않았습니다.

두 번째 질문은 한층 더 과감했고 진심을 담고

있었습니다. "뭐가 우습다는 거죠? 지금 당신한 테 술을 먹이는 저놈들은 당신이 목소리를 잃어 버리고 거지가 되면 한 푼도 주지 않을 텐데요!"

정말 대담한 청년 아닌가요? 제 친구들은 난 리를 쳤습니다. 하지만 저는 그를 옆자리에 앉히 고 그에게 술을 가져다주라고 했습니다. 저더러 술을 마시지 말라고 했던 그 청년은 포도주를 퍽 잘 마시더군요. 아, 제가 그를 청년이라 불렀던 건 사내라고 하기에는 콧수염이 너무 빈약했기 때문입니다.

그 대담함 때문에 저는 그와 결혼했습니다.

그는 이제 대개 입을 다물고 있습니다. 자주 말하는 단어는 딱 하나뿐입니다. 그 단어를 말할 때면 가슴에서 나오는 목소리가 목에서 떨리면 서 얼굴에 경련을 일으킵니다. 그는 사람들이 모 인 자리에서, 만찬장이나 무도회에서 그 단어를 말하곤 합니다. 누군가(그게 누구든) 거짓말을 하 면 그는 고개를 들고 상대를 쳐다보지도 않은 채

단호하게 말합니다. "거짓말!"

그것이 그가 가장 좋아하는 단어입니다. 이 단어를 말하는 강렬한 눈빛에 저항할 수 있는 여자가 있을까요? 저는 그 단어, 그 눈빛, 그리고 얼굴의 경련을 사랑합니다. 누구나 이 훌륭하고 용감한 단어를 말할 수 있는 것은 아닙니다. 하지만 제 남편은 언제 어디서나 이 단어를 말하죠. 저는 그를 '가끔' 사랑하는데, 이 '가끔'은 그가 바로 그 훌륭한 단어를 말하는 순간인 것 같습니다. 제가 그를 사랑하는 이유는 신만이 아실 겁니다. 저는 심리학자가 아니지만 이런 경우는 심리학적 문제가 관련되어 있다고 하겠지요.'

이 편지는 유려한 프랑스어로 쓰였다. 남성적인 필체이고 문법적 오류는 단 하나도 없다.

다락방이 있는 집
(어느 화가의 이야기)

1

육칠 년 전의 일이다. 당시 나는 T현의 어느 군에 위치한 벨로쿠로프 지주 영지에 살았다. 젊은 지주 벨로쿠로프는 새벽같이 일어나 작업용 외투를 걸치고 돌아다녔고 저녁이면 맥주를 마시면서 어디서도, 누구에게도 이해받지 못하는 삶이라는 하소연을 내게 늘어놓았다. 그는 정원의 별채에 살았고 나는 오래된 저택 안, 기둥이 늘어선 커다란 방에 살았다. 그 방에는 나 혼자 잠자는 넓은 소파, 그리고 혼자 카드놀이를 하는 테이블 외에 가구는 하나도 없었다. 그곳에선 항상, 심지어 바람 한 점 없는 날씨일 때도 오래된 벽난로에서 웅웅 소리가 났다. 천둥 벼락 치는 날에는 금방이라도 산산조각 날 것처럼 집 전체가 흔들렸다. 특히 한밤중에 열 개나 되는 커다란 창문이 번갯불로 한꺼번에 확 밝아질 때는 꽤 오싹했다.

영원한 무위(無爲)라는 운명을 부여받은 나는 철저히 아무것도 하지 않았다. 창문 밖 하늘, 새들, 산책로를 몇 시간 내내 바라보았고 배달되는 우편물을 몽땅 읽었다. 그리고 잠을 잤다. 가끔은 집을 나가 늦은 저녁까지 발길 닿는 대로 배회하기도 했다.

어느 날, 집으로 돌아가던 도중 모르는 영지에 들어서게 되었다. 해가 이미 지고 있어 꽃 핀 호밀 위로 저녁 그림자가 길게 드리웠다. 키 큰 전나무들이 마치 벽처럼 양쪽으로 빽빽하게 늘어선 어둑하고 아름다운 길이 이어졌다. 나는 가볍게 울타리를 넘어 들어가 그 길을 따라 걸었다. 두껍게 쌓인 전나무 이파리 때문에 미끄러운 길은 조용했다. 저 위 나무 꼭대기에서만 금빛 햇살이 언뜻언뜻 보이다가 거미줄에 걸리면 무지갯빛으로 반짝거렸다. 나무 향기가 어찌나 강한지 숨이 막힐 정도였다. 이윽고 길게 늘어선 보리수나무 길로 접어들었다. 마찬가지로 황량하고 노쇠한 분위기였다. 작년에 떨어진 이파리들이 발밑에서 서글프게 바스락거렸고, 어스름 속 나무들 사이로 그림자가 졌다. 오른쪽의 오래된 과수원에서는 메추라기 소리가, 마지못해 우는 듯 가냘프게 들렸다. 늙은 새가 분명했다. 보리수나무 길이 끝났다. 테라스와 다락이 있는 흰색 지주 저택을 지나자 마당과 넓은 연못 풍경이 눈앞에 펼쳐졌다. 연못가 버드나무 우거진 곳에 몸을 씻는 공간이 있었고 연못 너머로는 마을이었다. 마을 안 높은 종루의 십자가가 지는 햇살을 받아 반짝였다. 그 순간 나는 어릴 적 언젠가 그

풍경을 보기라도 한 듯 낯익고 친숙한 심정이 되었다.

마당에서 바깥으로 나가는 하얀 석조 대문, 사자가 조각된 오래되고 튼튼한 대문 옆에 젊은 여자 둘이 서 있었다. 그중 나이가 더 많은 여자는 마르고 창백하며 매우 아름다웠다. 풍성한 밤색 머리에 작은 입을 앙다문 모습이 엄격해 보였다. 내 쪽으로는 거의 주의를 기울이지 않았다. 그보다 어린 다른 여자는 열일고여덟 살이나 되었을까, 역시 마르고 창백했지만 입과 눈이 커다랬다. 이 여자는 내가 지나갈 때 놀란 표정으로 쳐다보며 당황한 듯 영어로 뭔가 중얼거렸다. 나는 그 아름다운 두 사람과 오래전부터 아는 사이처럼 느껴졌다. 집으로 돌아가는 길 내내 좋은 꿈을 꾼 것 같은 기분이었다.

얼마 후 한낮에 벨로쿠로프와 집 근처를 산책하고 있는데 난데없이 풀숲 헤치는 소리와 함께 사륜마차가 마당으로 들어왔다. 내가 보았던 두 여자 중 나이가 더 많아 보이는 이가 타고 있었다. 화재 피해자들을 돕기 위한 기부 서명을 받으러 온 것이었다. 우리 쪽을 쳐다보지도 않은 채 여자는 시야노베 마을에서 얼마나 많은 집이 불타버렸는지, 얼마나 많은 남녀노소 주민들이 집을 잃었는지, 자신이 속한 복구 위원회가 어떤 조치를 취할 계획인지 진지하고 상세하게 설명했다. 여자는 서명을 받자 곧바로 서류를 챙겨 넣고 작별 인사를 건넸다.

"저희를 완전히 잊어버리셨나 봐요, 표트르 페트로비치." 여자가 벨로쿠로프에게 손을 내밀었다. "한번 오세요. 무슈 N.(나를 부르는 말이었다)께서도 표트르 페트로비치의 재능을 존경하는 이들이 어떻게 사는지 혹시 궁금하시다면 오시죠. 어머니와 저는 아주 반가울 겁니다."

나는 고개 숙여 인사했다.

여자가 떠나자 표트르 페트로비치가 설명을 시작했다. 리디아 볼차니노바라는 그 여자는 좋은 가문 출신으로 어머니와 여동생과 함께 살고 있는데, 그 영지는 연못 건너편 마을과 똑같이 '셀코프카'라는 이름으로 불린다고 했다. 아버지는 한때 모스크바에서 중요한 지위에 있었고 세상을 떠날 당시 3등 문관이었다. 재산이 많았음에도 볼차니노바 세 모녀는 여름과 겨울 내내 영지에만 머물다시피 했다. 리디아는 셀코프카 마을의 학교 교사로 근무하며 월 25루블을 받았다. 자신이 번 돈으로 직접 생활을 영위했고, 그런 독립적인 삶을 자랑스러워했다.

"흥미로운 가족이라네. 언제 한번 가보자고. 자네가 가면 아주 좋아들 할걸세." 벨로쿠로프가 말했다.

그리하여 어느 축일 날, 점심을 먹고 나서 우리는 볼차니노바 가족을 떠올렸고 셀코프카로 찾아갔다. 세 모녀는 모두 집에 있었다. 예전에 꽤 미인이었을 어머니 예카테리나 파블로브나는 이제는 병으로 호흡이 가쁘고 어딘지 서글프고 산만해 보였다. 나와 그림에 관해 대화하려고 애썼다. 내가 방문할지도 모른다는 얘기를 맏딸에게서 듣고 모스크바 전시회에서 보았던 내 풍경화 두세 점을 애써 기억해 냈는지 그 그림에서 무엇을 표현하려 했느냐고 물었다. 맏딸 리디아는(집에서는 리다라고 불렸다.) 나보다는 벨로쿠로프와 주로 이야기를 나누었다. 미소도 짓지 않고 심각한 얼굴로 어째서 벨로쿠로프가 군 자치회에 참여하지 않는지, 회의에 한 번도 나오지 않는지 물었다.

"안 될 일이에요, 표트르 페트로비치." 꾸짖는 투였다. "안 될 일이지요. 부끄러운 일이고요."

"맞는 말이야, 리다. 안 될 일이고말고." 어머니도 맞장구쳤다.

"우리 군 전체가 발라긴의 손아귀에 들어갔어요," 리다가 나를 돌아보며 말했다. "그는 군 자치회장인데 요직을 모두 자기 조카와 사위들한테 나눠주고 자기 맘대로 자치회를 주무르고 있답니다. 싸워야 해요. 젊은이들이 힘을 모아야 하는데 지금 이꼴이지요. 부끄러운 일입니다, 표트르 페트로비치!"

둘째 딸 제냐는 우리가 자치회에 관해 얘기하는 동안 침묵을 지켰다. 가족들한테서 아직 성인 대접을 받지 못하는 탓에 진지한 대화에는 끼지 않았던 것이다. 어린아이처럼 '미슈스'란 애칭으로 불리기도 했다. 제냐가 예전에 가정교사를 '미스'라 불렀던 데서 따온 애칭이었다. 제냐는 계속 내게 호기심 어린 시선을 보냈고 앨범의 사진 속 인물들을 소개하기도 했다. "이분은 삼촌이고, 이분은 대부님이에요." 손가락으로 사진을 가리킬 때면 어깨가 내 몸에 살짝 닿았다. 덕분에 아직 덜 자란 작은 가슴, 가냘픈 어깨, 땋은 머리, 허리띠를 맨 여윈 몸을 가까이서 볼 수 있었다.

우리는 크로케와 테니스를 치고, 정원을 산책하고, 차를 마셨다. 그리고 오랫동안 저녁을 먹었다. 기둥이 늘어선 커다란 방에서 지내던 내게 그 작고 아늑한 집, 옛날 그림 따위는 한 장도 걸려 있지 않고 하인들에게도 존댓말을 쓰는 그 집은 다정하고 편안했다. 리다와 미슈스의 존재 덕분에 모든 것이 젊고 깔끔하고 품위 있게 느껴졌다. 저녁을 먹으면서 리다는 다시 벨로쿠로프와 지방 자치회, 발라긴, 학교 도서관 등에 대해 이야기를 나누었다. 리다는 생기 넘치고 진실한, 확신에 찬 여자였고 말이 좀 많고 목소리가 컸지만 (이건 학생들을 가르치다 보니 생긴 특징 같았다) 이야기를 잘했다. 반면 대학생 시절부터 모든 대화를 논쟁으로 끌고 가는 성향이었던 벨로쿠로프는 길고 지루하며 산만하게 말했다. 똑똑하고 진보적인 사람으로 보이고 싶은 게 분명했다. 그가 소매로 소스 그릇을 엎지르는 바람에 식탁보에 큰 얼룩이 생겼다. 하지만 나 말고는 아무도 눈치채지 못한 것 같았다.

집으로 돌아가는 길은 어둡고 조용했다.

"좋은 교육은 소스를 식탁보에 쏟지 않는 게

아니라, 다른 사람이 그렇게 해도 모른 체하는 것이지." 벨로쿠로프가 한숨을 쉬었다. "참으로 훌륭하고 지적인 가족이야. 나는 그렇게 훌륭한 이들보다 한참 뒤처지고 말았어. 이렇게 뒤처지다니! 다 그놈의 일 때문이야, 일! 일!"

그는 모범적인 지주가 되려면 얼마나 많은 일을 해야 하는지 이야기했다. 하지만 나는 '이 까다롭고 게으른 녀석 같으니라고!'라고 생각했다. 그는 뭔가 진지한 얘기를 할 때면 긴장하며 '에에'라며 한정 없이 말을 길게 끌었는데, 일도 마찬가지로 질질 끌다가 기한을 놓쳤다. 내가 우편으로 발송해 달라고 부탁한 편지들을 그가 몇 주 동안이나 주머니에 넣고 다닌 일 때문에 나는 그의 일 처리 능력을 신뢰하지 않았다.

"제일 힘든 건, 이렇게 힘들게 일하면서도 누구의 이해도 받지 못한다는 거야. 그 어떤 이해도 말일세." 그는 집으로 걸어가면서 계속 이렇게 중얼거렸다.

2

나는 볼차니노바 댁을 자주 찾아가기 시작했
다. 테라스 아래의 계단에 앉아 있는 일이 많았
다. 나 자신에 대한 불만으로 괴로웠고 내 삶이
그토록 재미없게 휙휙 흘러가고 있다는 게 애석
했다. 납덩이 같은 심장을 내 가슴에서 아예 뽑
아내면 좋겠다는 생각까지 들었다. 그때 테라스
에서는 사람들의 말소리와 옷자락 스치는 소리,
책장 넘기는 소리가 들렸다. 나는 리다의 일상에
곧 익숙해졌다. 낮에는 찾아오는 환자를 치료하

고 책을 나눠주며 모자도 없이 양산만 쓴 채 마을에 다녀왔고, 저녁이면 지방 자치회나 학교에 대해 큰 소리로 열변을 토했다. 마르고 아름다운, 늘 엄격한 리다는 공적인 주제로 대화가 시작될 때마다 선이 우아한 작은 입을 열고 나에게 냉정하게 말하곤 했다.

"이건 당신에게 흥미롭지 않을 거예요."

나는 리다 마음에 들지 않는 존재였다. 민중의 가난을 묘사하지 않는 풍경화를 그린다는 이유로, 자기가 그토록 열정을 지닌 일에 무관심해 보인다는 이유로 리다는 나를 싫어했다. 문득 바이칼 호수를 여행할 때 만났던 부랴트족 처녀가 생각난다. 그 처녀는 파란색 셔츠와 바지 차림으로 말등자 위에 앉아 있었다. 내가 담뱃대를 팔지 않겠느냐 물었더니 내 얼굴과 모자를 경멸하듯 바라본 후 더 이상 말도 섞기 싫다는 듯 말을 달려 사라져 버렸다. 자신에게 낯선 모습을 경멸한다는 면에서는 리다도 똑같았다. 물론 겉으로는 절대 표현하지 않았지만 나는 그런 감정을 분명히 느꼈다. 그래서 나는 테라스 아래쪽 계단에 앉아 의사도 아니면서 농부들을 치료하는 건 속임수나 다름없다고, 2,000헥타르 규모의 토지 소유주라면 누구든 쉽게 자선가가 되지 않겠느냐고 혼자만의 독설을 내뱉었다.

리다와 달리 여동생 제냐는 나처럼 아무 일 없이 한가하고 게으르게 살았다. 아침에 일어나자마자 책을 집어 들고, 작은 발끝이 땅에 닿을락 말락 할 정도로 깊은 테라스 의자에 몸을 파묻은 채 책을 읽었다. 책을 들고 보리수 길로 가버리기도, 대문을 넘어 들판으로 나가기도 했다. 온종일 열성적으로 책을 읽어댔기 때문인지 간혹 눈빛이 피로하고 얼굴이 심하게 창백했다. 뇌가 지칠 정도의 독서를 한 것이다. 내가 찾아가면 제냐는 얼굴을 살짝 붉히며 책을 내려놓고 큰 눈에 생기를 띠며 나를 바라보았다. 나는 하인 방에 그을음이 생겼다거나 일꾼이 연못에서 큰 물고기를 잡았다는 둥 그동안 일어났던 일을 말해주었다. 평일에는 보통 밝은색 상의에 감색 치마 차림이었다. 우리는 함께 산책하고 잼 만들 버찌를 따고 보트를 타기도 했다. 제냐가 버찌를 따려고 폴짝 뛰어오르거나 노를 저을 때면 넓은 소매통 안의 가늘고 여린 팔이 드러났다. 나는 종종 습작을 그렸는데, 제냐는 내 옆에서 그 모습을 감탄하며 지켜보았다.

7월 말 어느 일요일 아침, 나는 아홉 시쯤 볼차니노바 댁에 갔다. 집에서 멀리 떨어진 정원을 걸으며 그 여름에 특히 많았던 흰 버섯을 찾아냈다. 나중에 제냐와 함께 따려고 위치를 표시 해두었다. 따뜻한 바람이 불었다. 밝은색 옷을 차려입은 제냐와 그 어머니가 교회에서 집으로 걸어가는 모습이 보였다. 제냐는 바람에 날아가지 않도록 모자를 붙잡고 있었다. 이어 테라스에서 차 마시는 소리가 들렸다.

할 일도 없고 무위도식 삶의 변명거리를 찾으

려는 나 같은 사람에게 영지의 그런 여름 휴일 아침은 늘 특별하고 매력적이었다. 아직 이슬이 촉촉한 녹색 정원은 태양에 반짝이며 행복을 만끽하는 듯하고 집 주변에서는 목서초와 협죽도 향기가 가득하고 교회에서 막 돌아온 젊은이들이 정원에서 차를 마시는 때 말이다. 모두가 잘 차려입고 즐겁게 웃고 있을 때, 그리고 건강하고 유복하고 아름다운 사람들이 아무 할 일 없이 긴 하루를 보낼 때 나는 인생이 내내 그런 모습이었으면 하고 바라게 된다. 그때도 나는 바로 그런 생각에 잠겨 정원을 돌아다니고 있었다. 하루 종일, 아니 여름 내내 그렇게 일도, 목적도 없이 거닐고 싶었다.

제냐가 바구니를 들고 왔다. 마치 정원에서 나를 보게 될 줄 알고 있었다는 듯 태연한 표정이었다. 우리는 버섯을 찾으며 이야기를 나누었고 제냐는 내게 무언가 물을 때마다 얼굴을 보기 위해 다가왔다.

"어제 우리 마을에서 기적이 일어났어요." 제냐가 말했다. "절름발이 펠라게야가 꼬박 일 년 동안 아팠거든요. 어떤 의사도, 약도 소용이 없었는데 글쎄, 어제 어떤 할머니가 뭐라고 중얼중얼하니까 병이 나아버렸어요."

"그건 별거 아닙니다." 내가 말했다. "병자와 노인에게서만 기적을 찾으려 하면 안 됩니다. 건강은 기적이 아닌가요? 삶 자체는요? 이해하지 못하는 건 다 기적이죠."

"이해하지 못하는 것이 두렵지는 않으신가요?"

"전혀요. 저는 이해하지 못하는 현상에 굴복하지 않고 과감하게 접근합니다. 제가 그보다 높은 존재니까요. 인간은 사자, 호랑이, 별보다, 자연의 모든 것보다, 심지어 이해하지 못해 기적처럼 보이는 것보다도 높은 존재임을 알아야 합니다. 그렇지 않다면 그건 인간이 아니라 모든 것을 두려워하는 생쥐일 뿐입니다."

제냐는 화가인 내가 아주 많은 것을 안다고,

모르는 것도 정확히 추측한다고 생각했다. 그리고 자신을 그 영원하고 아름다운 세계, 온전한 인간으로 살게끔 하는 그 높은 빛의 세계로 이끌어주길 원했다. 우리는 신에 대해, 영원한 생명에 대해, 기적에 대해 이야기를 나누었다. 나라는 존재와 내 상상력이 죽음으로 영원히 사라질 거라 여기지 않던 나는 "네, 인간은 불멸입니다."라느니 "네, 우리를 기다리는 건 영원한 삶이죠."라는 대답을 했다. 제냐는 들은 그대로 내 말을 믿었으며 증거를 요구하지 않았다.

집으로 가는 길에 제냐가 갑자기 멈춰서더니 말했다. "우리 언니 리다는 정말 훌륭한 사람이에요. 그렇죠? 저는 언니를 몹시 사랑해요. 언제든 언니를 위해 제 목숨을 바칠 수 있답니다." 제냐가 손가락으로 내 소매를 건드렸다. "그런데 어째서 당신은 늘 언니와 말싸움을 하시죠? 왜 화를 내시는 거예요?"

"리다가 옳지 않기 때문입니다."

제냐가 부정하듯 고개를 저었고, 눈가에는 눈물이 맺혔다.

"정말 이해가 안 가네요!"

집에 도착하니 어딘가에서 막 돌아온 리다가 여전히 말채찍을 손에 든 채 현관 근처에 서서 일꾼에게 뭔가를 명령하고 있었다. 날씬하고 아름다운 모습이 햇빛을 받아 더욱 선명했다. 리다는 큰 소리로 빠르게 말을 이어가며 환자 두세 명을 치료했다. 그러더니 일 처리가 바쁜 듯 방마다 돌아다니며 이 장 저 장을 열어보다가 다락으로 올라가 버렸다. 점심을 먹으라고 한참을 불러댔지만 리다는 사람들이 수프를 다 먹은 후에야 식탁에 앉았다. 그런 세세한 일들이 왠지 모르게 기억에 좋게 남았다. 별일이 없었음에도 그 하루가 내 머릿속에 선명히 새겨졌다. 점심을 먹은 다음 제냐는 의자에 파묻혀 책을 읽었고 나는 테라스 아래쪽 계단에 앉아 있었다. 침묵이 흘렀다. 구름 가득한 하늘에서 가는 비가 살짝 떨어지기 시작했다. 바람이 잦아든 지 한참이라 더웠다. 그 하루는 영원히 끝나지 않을 것 같았다. 잠에서 깬 예카테리나 파블로브나가 부채를 들고 테라스에 나왔다.

"엄마, 낮잠은 몸에 안 좋아요." 제냐가 어머니 손에 입을 맞추며 말했다.

이 모녀는 서로를 무척 사랑했다. 한 사람이 정원으로 나가면 다른 사람이 이미 테라스에 나와 서서 나무를 바라보며 "제냐야!"라고, 혹은 "엄마, 어디 계세요?"라고 부르곤 했다. 항상 함께 기도했고 같은 믿음을 지녔으며 말없이도 서로를 잘 이해했다. 다른 이를 대하는 태도도 똑같았다. 예카테리나 파블로브나는 내게 곧 익숙해져 다정함을 보였다. 내가 이틀이나 사흘 동안 나타나지 않으면 사람을 보내 혹시 어디 아프냐고 물었다. 나의 습작을 보며 감탄했고 제냐가 하듯 수다스럽고 솔직하게 주변의 일들을 말해 주었다. 가족끼리나 할 수 있는 얘기를 숨김없이 털어놓기도 했다.

어머니는 맏딸을 존경하고 어려워했다. 리다는 애교 부리는 일이 없었고 진지한 이야기만 했다. 자기만의 특별한 삶을 사는 리다는 어머니와 동생에게 마치 집무실을 떠나지 않는 해군 제독인 양 신성하고 신비로운 존재였다.

"우리 리다는 훌륭한 사람이에요," 어머니는 자주 말했다. "그렇지 않나요?"

가는 비가 내리던 그때 우리는 리다에 대해 이야기했다.

"리다는 훌륭한 사람이에요." 어머니가 말하더니 조심스럽게 주변을 둘러보고 목소리를 낮춰 덧붙였다. "그런 사람은 정말 찾기 어렵죠, 그래도 전 조금씩 걱정이 되기 시작한답니다. 학교, 치료, 책, 다 좋은 얘기지만 극단으로 갈 필요는 없지 않을까요? 벌써 스물네 살이 되었으니 자기 인생에 대해 진지하게 생각해야 하는데 말이에요. 책과 약상자에 빠져서 인생이 어떻게 흘러가는지는 모를 수도 있어요……. 결혼도 해야 하는데요.”

머리가 헝클어지고 독서로 창백해진 얼굴을 들어 제냐가 어머니를 바라보더니 혼잣말을 하듯 말했다.

“엄마, 모든 것은 하느님의 뜻에 달렸어요!”

그러고는 다시 독서에 빠져들었다.

벨로쿠로프가 수놓은 셔츠에 작업용 외투를 걸친 차림으로 찾아왔다. 우리는 크로케를 하고 테니스를 쳤다. 날이 어두워지자 오래도록 저녁을 먹었다. 리다는 다시 학교에 대해, 군 전체를 손아귀에 넣고 주무르는 발라긴에 대해 이야기했다. 그날 저녁 볼차니노바 댁을 떠나며, 나는 기나긴 휴일이 남긴 깊은 인상에 잠겼고 세상 모든 것은 아무리 길어도 결국 끝나버린다는 데 서글픔을 느꼈다. 정문까지 제냐가 배웅해 주었다. 아침부터 저녁까지 내내 제냐와 함께 있었던 탓인지 나는 제냐가 없으면 너무도 지루할 것 같았다. 이 다정한 가족이 내게 참으로 가깝다고도 느꼈다. 그해 여름 처음으로 글을 쓰고 싶다는 생각이 들었다.

"왜 그렇게 지루하고 무미건조한 삶을 사는 건가?" 집으로 가는 길에 나는 벨로쿠로프에게 물었다. "내 생활은 지루하고 힘들고 단조롭지. 그건 내가 예술가이고 이상한 사람이기 때문에, 젊은 시절부터 질투와 자기 불만, 자기 일에 대한 불만족으로 괴로워했던 사람이기 때문일세. 나야 늘 가난한 방랑자지만 자네는, 자네는 다르지 않나. 건강하고 정상적인 사람, 지주에 귀족이니까. 왜 그렇게 재미없게, 인생에서 얻는 것 없이 사는 거지? 예를 들어, 어째서 아직도 리다나 제냐와 사랑에 빠지지 않는 건가?"

"내가 다른 여자를 사랑한다는 걸 잊은 모양일세." 벨로쿠로프가 대답했다.

그 여자란 벨로쿠로프가 별채에 함께 사는 류보프 이바노브나였다. 살찐 거위처럼 뚱뚱하고 거드름 피우는 여자로, 구슬 달린 러시아식 옷을 입고 늘 양산을 받쳐 쓴 채 매일 정원을 산책했다. 하인은 식사하라고, 혹은 차를 마시라고 계속 그 여자를 불러댔다. 삼 년 전에 별채 하나를 별장용으로 빌렸다는데 그대로 벨로쿠로프 집에 눌러앉았고 아마도 영원히 그렇게 살 것 같았다. 열 살 연상인 그 여자는 벨로쿠로프에게 외출할 때마다 일일이 허락을 받으라며 엄격하게 굴었다. 종종 남자같이 거친 소리로 울어댔는데 그때마다 나는 당장 그치지 않으면 집에서 떠나버리겠다고 전했다. 그러면 바로 울음을 그쳤다.

집에 돌아온 후 벨로쿠로프는 소파에 앉아 생각에 잠겼고 나는 방안을 걸어 다녔다. 마치 사랑에 빠진 사람처럼 가슴이 두근거렸다. 나는 볼차니노바 식구들에 대해 말하고 싶었다.

"리다는 자기처럼 병원과 학교에 열중하는 자치회 사람만 사랑할 수 있을 걸세." 내가 말했다. "그런 아가씨를 위해서라면 얼마든지 자치회에 들어갈 수 있지 않을까. 아니, 동화에 나오듯 쇠신발이 닳도록 따라다닐 수도 있겠지. 제냐는 또 어떤가? 정말 귀엽지 않나?"

벨로쿠로프는 '에에' 소리를 길게 끌면서 세기의 질병인 비관주의에 대해 말하기 시작했다. 확신에 찬, 마치 논쟁을 벌이는 듯한 말투였다. 언제까지 이어질지 모르는 한 사람의 말을 그렇게 듣는 것보다는 황량하고 단조로운, 불타버린 초원을 한없이 걷는 편이 덜 우울할 것 같았다.

"문제는 비관주의나 낙관주의가 아니네. 백 명 중 아흔아홉 명에게 지혜가 없다는 거야." 내가 짜증스럽게 말했다.

벨로쿠로프는 이를 자기에 대한 공격으로 받아들이고 화를 내며 가버렸다.

3

“말로조모프에 머무르고 있는 공작님이 어머니께 인사를 전해달라시네요.” 외출에서 돌아온 리다가 장갑을 벗으며 말했다. “흥미로운 이야기를 많이 해주셨어요. 현청 의회에서 말로조모프의 진료소 문제를 다시 제안하겠다고 약속하셨어요. 하지만 너무 기대하지는 말라고요.” 리다가 내 쪽을 보며 덧붙였다. “죄송합니다. 당신에게는 관심 없는 일이라는 걸 자꾸 잊어버리네요.”

갑자기 화가 치밀었다.

“왜 관심이 없겠어요?” 내가 어깨를 으쓱였다. “제 의견은 듣고 싶지 않겠지만 저도 아주 관심이 많답니다.”

“그런가요?”

“네. 말로조모프에 진료소는 전혀 필요 없다는 것이 제 의견입니다.”

내 분노가 리다에게 넘어갔다. 리다는 미간을 찌푸리며 나를 바라보더니 물었다. “그럼 뭐가 필요할까요? 풍경화요?”

“풍경화도 필요 없습니다. 거기엔 아무것도 필요 없습니다.”

리다가 장갑을 다 벗더니 방금 우체국에서 가져온 신문을 펼쳤다. 잠시 후 마음을 가라앉혔는지 조용히 입을 열었다.

“지난주에 안나가 출산하다 죽었어요. 근처에 진료소가 있었다면 살았을 겁니다. 풍경화가분들께서도 이 문제에 대해서는 분명한 신념이 있어야 한다고 생각합니다.”

"저는 이 문제에 대해 분명한 신념이 있습니다. 정말입니다." 내가 대답하자 리다는 듣고 싶지 않다는 듯 신문으로 얼굴을 가렸다. "제가 보기에 현재 삶의 조건에서 의료 시설, 학교, 도서관, 약국 따위는 민중을 노예로 만들 뿐입니다. 민중은 거대한 쇠사슬에 묶여 있는데 당신은 그 사슬을 끊지 못하고 새로운 사슬을 덧붙이고 있죠. 이것이 제 신념입니다."

리다는 내게 시선을 던지며 조롱하듯 미소 지었다. 하지만 나는 핵심을 놓치지 않으려 애쓰며 말을 이었다.

"안나가 출산 중에 죽은 건 중요한 일이 아닙니다. 다른 수많은 안나, 마브라, 펠라게야들이 새벽부터 해가 질 때까지 허리를 펴지 못한 채 일하다 과로로 병이 든다는 것, 굶주리고 아픈 아이들 때문에 늘 근심한다는 것, 평생 여기저기 아프다가 일찍 활력을 잃고 늙어버린 채 더러운 곳에서 악취 속에 죽는다는 것이 중요합니다. 그 자녀들도 똑같은 운명을 반복하지요. 그렇게 수백 년이 흐르도록 수십억 명이 짐승보다 못한 삶을 이어갑니다. 그저 빵 한 조각을 얻기 위해 끊임없는 공포의 삶을 살아가는 겁니다. 그 상황에서 정말 끔찍한 점은 그 민중에게는 영혼에 대해 생각할 시간도, 자신의 모습이나 상황을 돌아볼 시간도 없다는 데 있습니다. 굶주림, 추위, 동물적인 공포, 엄청난 노동은 눈사태처럼 쏟아지며 영적 활동으로 향하는 모든 길을 막아버립니다. 인간을 동물과 구분 짓는 활동, 살아갈 가치를 부여하는 그 활동 말입니다. 당신은 병원과 학교로 민중을 돕겠다고 하지만 그건 해방이 아니라 노예 상태를 더 심화시키는 꼴입니다. 그들의 삶에 새로운 요소를 들여놓음으로써 필요한 것을 늘리기 때문입니다. 약이나 책값을 자치회에 내기 때문에 등골이 더 많이 휘는 건 말할 나위 없고요."

"당신과 논쟁하지 않겠습니다." 리다가 신문을 내려놓으며 말했다. "그런 말은 이미 들어보았어요. 한 가지만 말씀드리죠. 손 놓고 물러나 있어서는 안 됩니다. 우리가 인류를 구하지는 못한다는 것, 또한 아마도 많은 부분에서 실수한다는 것은 사실일 수도 있겠지요. 그래도 우리는 할 수 있는 일을 하고 있으니 옳은 거예요. 교양인에게 최고로 성스러운 임무는 가까이 있는 이웃을 섬기는 것입니다. 우리는 할 수 있는 한 그렇게 합니다. 당신 마음에는 들지 않을지 모르지만 모두를 만족시킬 수는 없죠.”

“그래, 맞는 말이다, 리다. 맞는 말이야.” 어머니가 거들었다.

리다 앞에 있을 때 어머니는 늘 겁먹은 모습이었고 대화 중에도 불안하게 맏딸을 쳐다보며 혹시 자기가 잘못되거나 부적절한 말을 할까 봐 조심했다. 맏딸에게 반대하는 일은 한 번도 없었고 항상 맞는 말이라고 맞장구를 쳤다.

“농민 교육, 별것도 아닌 교훈과 우화를 담은 책, 진료소 같은 방법으로는 민중의 무지도, 사망률도 낮출 수 없습니다. 당신 창문에서 나오는 빛이 넓은 정원을 다 밝힐 수 없는 것처럼요." 내가 말했다. "당신은 아무것도 주지 못합니다. 그저 민중의 삶에 끼어들어 새로운 필요를, 새로운 노동의 이유를 만들어낼 뿐입니다."

"맙소사. 그래도 뭔가를 해야죠!" 리다가 화를 냈다. 내 논리가 무의미하다는 생각과 경멸하는 감정이 어투에 드러났다.

"그렇죠. 사람들을 이 힘든 육체노동에서 해방시켜야 합니다." 내가 말했다. "화덕과 구유, 밭을 오가며 평생을 보내지 않도록 그 멍에를 가볍게 해주고 숨 쉴 틈을 주어야 합니다. 영혼과 신에 대해 생각할 시간도 갖고 정신적 능력을 더 넓게 발휘하도록 하는 겁니다. 인간의 모든 영적 활동은 진리와 삶의 의미를 끊임없이 찾는 데 있습니다. 짐승이나 할법한 거친 노동을 없애고 자유를 느끼게 해준다면 이런 책이나 약이 얼마나 우스운 짓거리인지 알 겁니다. 자신의 진정한 소명을 깨달은 사람은 그런 사소한 게 아니라 종교, 학문, 예술로만 만족하는 법이니까요."

"육체노동에서 해방시킨다고요!" 리다가 비웃었다. "대체 그게 가능한가요?"

"가능합니다. 그 노동에서 당신 몫을 맡으면 됩니다. 인류가 육체적 필요를 해결하기 위해 요구되는 노동을 모두가, 도시에 살든 농촌에 살든 상관없이 모두가 공평하게 나눈다면 한 사람당 하루 두세 시간 정도면 충분할 겁니다. 우리 모두가, 부자든 가난뱅이든 상관없이 모두가, 하루에 세 시간만 일하고 나머지 시간은 자유로운 세상을 상상해 보세요. 더 나아가 육체노동에 의존하는 정도를 줄이고 노동 시간도 줄이기 위해 기계를 발명한다면, 우리의 필요를 최소화하면서 살고자 한다면 어떻게 될까요? 우리는 우리 자신과 후손들을 단련시켜 굶주림과 추위를 두려워하지 않도록 해야 합니다. 수많은 안나, 마브라, 펠라게야들처럼 아이들의 건강을 끊임없이 걱정할 필요가 없도록요. 치료받을 일이 없다면, 약국이나 담배 공장, 양조장 따위가 아예 없다면 우리에게 얼마나 여가 시간이 많을까요! 그 시간은 학문과 예술에 바쳐질 겁니다. 때로 마을 사람들이 힘을 합쳐 길을 고르듯이, 우리도 다함께 진리와 삶의 의미를 찾아 나설 겁니다. 그러면 확신하건대 금세 진리가 밝혀질 것이고 인간은 영원히 이어질 것 같은 죽음의 공포와 두려움으로부터, 심지어 죽음 자체로부터 벗어나게 될 것입니다."

"당신은 모순되는 생각을 하고 있습니다." 리다가 말했다. "학문, 학문을 반복하면서 교육을 부정하시잖아요."

"술집 간판이나 읽고 이해하지 못하는 책을 가끔 들여다보게 하는 정도의 교육은 까마득히 오래전 류리크 시대*부터 존재해 왔습니다. 하지만

---

* 류리크 가는 862년에서 1612년까지 루스계 국가들을 군립한 가문이다.

시골 마을은 지금도 류리크 시대의 모습 그대로입니다. 정신적 능력을 마음껏 발휘하게 하려면 교육이 아니라 자유가 필요합니다. 학교가 아니라 대학이 필요하죠."

"당신은 의학도 부정하고 있어요."

"맞습니다. 의학은 자연 현상으로서의 질병을 연구하기 위해 필요할 뿐, 치료하는 데는 필요 없습니다. 치료는 질병이 아니라 그 원인을 대상으로 삼아야 합니다. 육체노동이라는 주된 원인을 제거하면 질병도 사라질 것입니다. 전 치료하는 학문은 인정하지 않습니다." 나는 흥분해서 말을 이었다. "진정한 학문과 예술은 일시적이나 개인적인 목표가 아닌, 영원하고 보편적인 것을 추구합니다. 진리와 삶의 의미를, 신과 영혼을 찾으려 합니다. 학문과 예술을 일상의 필요나 분노에, 약상자와 도서관에 엮어 넣으면 복잡해지고 방해가 될 뿐입니다. 우리나라에는 의사, 약사, 변호사들이 많고 교육받은 이들도 크게 늘

었지만 생물학자, 수학자, 철학자, 시인은 전혀 없습니다. 지성과 영혼은 일시적 필요를 충족시키는 데 쓰이고 있습니다. 그 덕분에 우리 생활은 날로 편안해지고 육체적으로 필요한 것들은 마구 늘어납니다만 그 와중에 진실은 여전히 먼 곳에 머물죠. 인간은 예전처럼 가장 잔인하고 가장 추악한 동물로 남아 있으며 모든 것이 인류 대다수가 퇴화해 생존 능력을 영원히 상실하는 방향으로 움직이고 있습니다. 이런 상황에서 예술가의 삶은 의미가 없습니다. 재능이 있으면 있을수록 자기 역할이 더 괴상하고 이해 불가능해집니다. 잔인하고 추악한 동물의 즐거움을 위해 일하며 현재의 체제 유지에 기여하기 때문이죠. 저는 일하고 싶지 않고 그래서 일하지 않을 겁니다……. 다 필요 없는 짓입니다. 지구는 지옥에나 떨어져 버리라고 하죠!"

"제냐, 나가 있어." 리다가 동생에게 말했다. 내 말이 어린 동생에게 해롭다고 판단했던 것이다.

제냐는 슬픈 표정으로 언니와 어머니를 바라보더니 밖으로 나갔다.

"사람들은 자기 무관심을 정당화하려 할 때 그런 소리들을 늘어놓지요." 리다가 말했다. "치료하고 가르치는 일보다는 병원과 학교를 부정하는 편이 쉽지 않습니까."

"그래, 맞는 말이다, 리다. 맞는 말이야." 어머니가 맞장구쳤다.

"당신은 일하지 않겠다고 단언하셨는데," 리다가 계속했다. "자기 일을 높이 평가하고 계시는 것이 분명하네요. 논쟁은 여기까지 하시죠. 우리는 결코 합의를 이룰 수 없겠어요. 당신이 방금 그토록 경멸한 도서관과 약상자를, 그중에서 가장 빈약한 것이라 해도 저는 세상의 모든 풍경화보다 더 높이 두기 때문이죠." 리다는 곧바로 어머니 쪽으로 몸을 돌리더니 완전히 다른 말투로 말을 시작했다. "공작님은 우리 집에 계실 때보다 많이 마르고 변하셨더라고요. 프랑스

비시로 가시게 되었대요."

나와 대화하지 않으려고 공작 이야기를 꺼낸 것이었다. 리다는 얼굴이 붉게 달아올랐고 흥분한 모습을 감추려는 듯 자세를 낮추고 탁자에 놓인 신문을 읽는 척했다. 내 존재가 불편한 게 분명했다. 나는 작별 인사를 하고 밖으로 나왔다.

4

마당은 고요했다. 연못 건너편 마을은 이미 잠들어 불빛 하나 보이지 않았다. 연못 위로 희미한 별빛만이 일렁였다. 사자가 조각된 대문 앞에서 제냐가 꼼짝 않고 서 있었다. 나를 배웅하려 기다린 것이다.

"마을 사람들은 모두 잠들었군요." 나는 어둠 속에서 제냐의 얼굴을 보려고 애썼고 나를 바라보는 어둡고 슬픈 눈을 눈치챘다. "술집 주인이나 말 도둑도 편안히 자고 있는데 교육받은 우리 같은 사람들이 화내면서 논쟁을 벌였네요."

서글픈 8월의 밤이었다. 벌써 가을 냄새가 났기 때문에 서글펐다. 달이 붉은 구름에 뒤덮인 탓에 어두운 가을밀밭 사잇길이 간신히 보였다. 별똥별이 자꾸만 떨어졌다. 제냐는 내 옆에서 나란히 걸으면서 하늘을 보지 않으려 애썼다. 떨어지는 별을 보는 것이 왜인지 무서웠던 모양이다.

"전 당신이 옳다고 생각해요." 제냐가 축축한 밤공기에 몸을 떨며 말했다. "모든 사람들이 다 함께 정신적 활동을 할 수 있다면 곧 모든 것이 밝혀지겠죠."

"물론입니다. 우리는 가장 높은 존재예요. 인간 천재성의 모든 힘을 깨닫고 오로지 최상의 목표를 위해 살았다면 우리는 아마 신처럼 될 겁니다. 하지만 그런 일은 결코 일어나지 않겠죠. 인류는 퇴화할 것이고 천재성은 흔적 없이 사라질 거예요."

대문이 보이지 않는 지점이 되자 제냐가 걸음

을 멈추고 서둘러 내 손을 잡았다.

"안녕히 주무세요." 제냐가 몸을 떨며 말했다. 얇은 블라우스 하나만 입고 있어서 추위에 잔뜩 웅크리고 있었다. "내일 오세요."

나 자신과 사람들에게 화가 나고 불만스러운 상태에서 혼자 남겨진다니 생각만 해도 싫었다. 나 역시 떨어지는 별을 보지 않으려 애쓰던 참이었다.

"일 분만 더 함께 있어주세요. 부탁드립니다." 내가 말했다.

나는 제냐를 사랑했다. 늘 나를 맞이하고 배웅해 주어서, 감탄을 담은 부드러운 시선으로 나를 바라봐 주어서 그랬을 것이다. 창백한 얼굴, 가느다란 목, 여린 손, 연약함과 게으름, 그 책들도 하나 같이 얼마나 감동적이고 아름다웠는지. 지성도 중요했다. 나는 제냐의 지성이 비범하다고 여겼고 폭넓은 고려에 감탄했다. 나를 싫어하는 리다, 그 엄격하고 아름다운 언니와 다른 생각을 할 수 있었기 때문이다. 제냐는 나를 화가로 좋아했고 내 재능에 마음을 빼앗겼다. 나는 오로지 제냐만을 위해 그림을 그리고 싶었다. 내 상상 속에서 제냐는 이 나무, 들판, 안개와 새벽, 이 아름다운 자연을 나와 함께 지배하는 작은 여왕이었다. 지금껏 내게 절망적인 외로움을 안겼던, 스스로를 아무 소용 없는 존재로 느끼게 했던 바로 그 자연에서 말이다.

"딱 일 분만 있어줘요, 제발." 내가 다시 부탁했다.

나는 외투를 벗어 제냐의 어깨를 덮어주었다. 제냐는 남자 옷을 걸친 모습이 우스꽝스럽고 보기 싫을까 봐 걱정이 되었는지 웃으며 외투를 벗었다. 그 순간 나는 제냐를 끌어안고 얼굴, 어깨, 손에 마구 입을 맞추었다.

제냐는 밤의 정적을 깨뜨릴까 두렵다는 듯 "내일 다시 만나요."라고 속삭이며 조심스럽게 나를 안았다. "우리 가족은 서로에게 비밀이 없어요. 이제 엄마와 언니에게 모든 걸 말해야 하네요. 정말 두려워요! 엄마는 괜찮을 거예요, 당신을 좋아하니까. 하지만 언니는!"

제냐가 대문 방향으로 달려갔다. "안녕!"

나는 이 분 정도 제냐가 달리는 소리를 귀 기울여 들었다. 집에 가고 싶지 않았고, 가야 할 이유도 없었다. 나는 잠시 생각에 잠겨 서 있다가 조용히 되돌아섰다. 제냐가 사는 집, 사랑스럽고 소박하고 오래된 그 집을 다시 한번 보고 싶었다. 다락의 창문들이 다 이해해 주는 눈처럼 나를 바라보는 곳 말이다. 나는 테라스를 지나 테니스장 옆의 벤치에 앉았다. 어둠 속, 오래된 느릅나무 아래에서 집을 바라보았다. 제냐가 사는 다락방 창문에서 밝은 빛이 번쩍이다가 평온한 녹색 빛으로 바뀌었다. 램프에 갓을 씌운 것이다. 그림자가 움직이기 시작했다……. 부드러움, 고요함, 그리고 자신에 대한 만족감이 차올랐다. 누군가에게 빠지고 사랑할 수 있다는 데서 오는 만족감이었다. 동시에 불편함도 느꼈다. 바로 그 순간, 불과 몇 걸음 떨어진 집의 한 방에 리다가, 나를 좋아하지 않고 어쩌면 증오할지도 모르는 사람이 살고 있다는 생각 때문이었다. 나는 혹시 제냐가 나올지 모른다는 생각에 계속 기다리며 귀를 기울였다. 다락방에서 가족이 이야기를 나누는 것 같았다.

약 한 시간이 지났다. 녹색 불빛이 꺼졌고 그림자가 사라졌다. 달은 이미 집 위로 높이 떠올라 잠든 정원과 길을 비추었다. 집 앞 꽃밭의 달리아와 장미가 선명히 보였는데 전부 같은 색으로 느껴졌다. 몹시 추웠다. 나는 정원에서 빠져나와 길에 떨어트렸던 외투를 주워 들고 천천히 집으로 걸어갔다.

다음 날 점심을 먹고 볼차니노바 댁에 가니 정원으로 통하는 유리문이 활짝 열려 있었다. 나는 테라스에 앉아 꽃밭 너머나 가로수길에서 제냐가 나타나기를, 혹은 방 쪽에서 목소리가 들려오기를 기다렸다. 잠시 후 거실과 식당에 들어가 보았는데 아무도 없었다. 식당에서 긴 복도를 지나 현관까지 갔다가 되돌아왔다. 복도로 난 문 몇 개 중 하나에서 리다 목소리가 들려왔다.

"까마귀에게 어딘가에서…… 신이……" 말을 받아쓰게 하는 듯 큰 소리로 천천히 또박또박 말하는 소리가 들렸다. "신이 치즈 조각을 보냈습니다……. 까마귀에게 어딘가에서…… 거기 누구시죠?" 내 발걸음 소리를 들은 리다가 갑자기 소리쳤다.

"접니다."

"아! 죄송합니다. 지금 다샤와 공부하고 있어서 나갈 수가 없네요."

"어머니께서는 정원에 계신가요?"

"아니요, 어머니는 오늘 아침에 동생과 함께 펜자 현의 이모 집으로 가셨어요. 겨울에는 아마도 해외로 가게 될 거예요." 잠시 침묵하던 리다는 다시 학생에게 말하기 시작했다. "까마귀에게 어딘가에서…… 신이 치즈 조각을 보냈습니다, 다 쓴 거니?"

나는 현관으로 나가서 멍하니 연못과 마을을 바라보았다. 받아쓰기 소리가 들렸다.

"치즈 조각…… 신이 치즈 조각을 보냈습니다."

제일 처음 그 집에 갔을 때와 똑같은 경로를 되짚어 돌아나오기 시작했다. 마당에서 정원으로 갔다가 저택을 지나 보리수나무 길로 들어섰다. 그때 한 소년이 뒤따라오더니 편지를 건네주었다. 제냐가 쓴 것이었다. '모든 것을 언니에게 털어놓았더니 당신과 헤어지라고 하네요. 그 말을 거역해 언니를 슬프게 할 수는 없습니다. 신께서 당신에게 행복을 내려주시길 빕니다. 저를 용서하세요. 저와 엄마가 얼마나 슬프게 울고 있는지 당신은 모르시겠지요.'

어둑한 전나무 길을 지나 무너진 울타리가 나타났다. 그때 호밀꽃이 피고 메추라기가 울던 그 들판에 이제 소와 말들이 뒤섞여 돌아다니고 있었다. 언덕 여기저기에 가을 작물의 녹색이 선명했다. 차분하고 일상적인 기분이 돌아오면서 볼차니노바 가족 앞에서 떠들었던 모든 말이 부끄러워졌다. 다시 예전처럼 삶이 지루해졌다. 집에 돌아와서 짐을 챙겨 저녁에 페테르부르크로 떠났다.

그 후로 두 번 다시 볼차니노바 가족을 보지 못했다. 최근에 크림행 기차에서 벨로쿠로프를 만났다. 전처럼 수놓은 셔츠에 작업용 외투를 걸친 차림이었다. 건강이 괜찮은지 묻자 "당신의 기도 덕분에."라고 대답했다. 이런저런 이야기를 많이 나누었다. 그는 영지를 팔고 류보프 이바노브나 명의로 더 작은 영지를 샀다고 했다. 볼차니노바 가족 소식도 살짝 알려주었다. 리다는 여전히 셸코프카에 살며 학교에서 아이들을 가르치고 있으며 동조자들을 모아 강력한 세력을 이룬 끝에 최근 자치회 선거에서 드디어 발라긴을, 오랫동안 군을 장악하던 회장을 끌어내렸다고 했다. 제냐와 관해서는 집에 살지 않고 어디 있는지 모른다고만 말했다.

이제 나는 다락방이 있는 집을 잊기 시작했다. 다만 글을 쓰거나 책을 읽을 때 가끔 이유도 없이 갑자기 창문의 녹색 불빛, 밤의 들판을 울리던 내 발걸음 소리가 떠오를 뿐이다. 사랑에 빠진 채 집으로 돌아가며 추위에 곱은 손을 문지르던 그때의 기억. 더 드물게는 외롭고 슬픈 순간에 희미해져 가는 기억에 잠기면서 누군가도 나를 기억하고 기다릴 것 같다는, 언젠가 만나게 될 것 같다는 생각이 들곤 한다.

제냐, 미슈스, 당신은 어디에 있죠?

사랑에 관하여

다음 날 점심 메뉴는 맛있는 파이와 바닷가재, 양고기 커틀릿이었다. 다 함께 먹는 동안 요리사 니카노르가 위층으로 올라와 손님들이 저녁에 뭘 먹고 싶은지 물었다. 중키의 요리사는 얼굴이 통통하고 눈이 작았다. 면도를 했는데 마치 콧수염을 하나하나 잡아 뽑은 듯 깔끔했다.

알료힌은 아름다운 펠라게야가 이 요리사와 사랑에 빠졌다고 했다. 요리사가 술주정뱅이에 폭력적인 성향인 탓에 결혼까지는 원하지 않지만 함께 살자고 했다는 것이다. 하지만 요리사는 독실한 신자라 동거에 동의하지 못했고 결혼만을 요구했다. 그러면서 술에 취하면 펠라게야에게 욕을 퍼붓고 심지어는 주먹을 휘둘렀다. 니카노르가 취하면 펠라게야는 위층에 숨어 흐느꼈고, 그럴 때면 혹시 모를 상황에 펠라게야를 보호하기 위해 알료힌과 하인들이 집 밖으로 나가지 않는다고 했다.

그리고 사랑에 대한 대화가 시작되었다.

"사랑은 어떻게 생겨날까요?" 알료힌이 말했다.

"어째서 펠라게야는 성격이나 외모 면에서 자신과 더 어울리는 다른 이가 아닌, 니카노르를, 다들 놈팡이라 부르는 그런 자를 사랑하게 되었을까요? 사랑에는 개인의 행복이 중요한 법이니 모든 걸 다 밝혀내기란 불가능하고 나름대로 해석해야 할 겁니다. 지금까지 사랑에 대해 알려진 확고한 진실은 딱 하나, '그 비밀이 크도다[에베소서 5:32 — 역주]'이겠지요. 이겠지요. 이외에 사랑에 대한 글이나 말은 모두 해답이 아니라 질문, 지금까지도 답이 나오지 않은 질문을 제시한 것에 불과합니다. 한 사례에 맞아떨어지는 것 같은 설명이 다른 열 개 사례에는 맞지 않죠. 그러니 일반화하려 하지 말고 각 사례를 개별적으로 설명하는 것이 가장 좋다고 생각합니다. 의사들이 말하듯, 각 사례를 개별적으로 다뤄야 한다는 거죠."

"옳습니다." 부르킨이 맞장구쳤다.

"우리 러시아인들은 교양이 있고, 이런 난제에 열정을 보이곤 합니다. 사랑을 시로 표현하고 장미나 나이팅게일을 갖다 붙이는 경우가 많지만 우리 러시아인들은 사랑을 숙명적인 질문들로 장식하죠. 게다가 그중에서도 가장 재미없는 질문을 택하고요. 제가 학생 시절, 모스크바에 있었을 때 예쁜 애인이 있었는데 그 여자는 제 품에 안길 때마다 매달 얼마를 받을 수 있을지, 소고기 가격이 얼마인지 생각했답니다. 우리

역시도 사랑할 때 끊임없이 스스로에게 질문을 던집니다. 이것이 정직한지 부정직한지, 똑똑한지 멍청한지, 이 사랑은 어디로 이어질지, 그런 것들을요. 이게 좋은 건지 나쁜 건지 모르겠습니다. 다만, 집중하지 못하게 만들고 불만족과 짜증을 일으킨다는 건 압니다."

그는 뭔가 말하고 싶어 하는 눈치였다. 외롭게 사는 사람들은 기꺼이 털어놓고 싶은 무언가를 마음속에 품곤 한다. 도시의 독신 남성들은 그저 대화 상대를 찾아 일부러 목욕탕이나 식당에 드나들고 종업원을 상대로 아주 흥미로운 이야기를 들려주기도 한다. 시골의 독신자들은 집에 찾아온 손님들에게 속마음을 여는 경우가 많다. 창문 너머로 흐린 하늘과 비에 젖은 나무들이 보였다. 이런 날씨에는 갈 곳도 없고, 이야기를 나누고 듣는 것 외에 할 일도 없었다.

"저는 소피노에 살면서 벌써 오랫동안 농사일을 해왔습니다. 그러니까 대학을 졸업한 이후부

터죠." 알료힌이 털어놓기 시작했다.

"저는 정신노동에 맞는 교육을 받았고 관료에 딱 맞는 성향입니다만, 영지에 와보니 큰 빚이 있었습니다. 빚 일부는 아버지가 제 교육 때문에 진 것이더군요. 그래서 저는 이곳을 떠나지 않고 빚을 갚을 때까지 일하기로 결심했지요. 그렇게 해서 여기서 일을 시작했습니다만, 솔직히 말해서, 내키지 않는 마음도 있었습니다. 이곳 땅은 수확량이 많지 않습니다. 적자가 나지 않으려면 농노나 고용 일꾼을 써야 해요. 두 부류는 다 비슷합니다. 아니면 농민들이 하듯 가족과 함께 직접 농사를 지어야 하는 거죠. 중간은 없습니다. 하지만 그때 저는 그런 세세한 부분까지는 몰랐습니다. 그저 땅 한 뙈기도 놀리지 않으려고 이웃 마을의 장정과 아낙을 몽땅 동원했습니다. 저역시 밭을 갈고 씨를 뿌리고 풀을 베었지요. 저는 마지못해 텃밭의 오이를 먹는 배고픈 시골 고양이처럼 답답했고 짜증스러워 얼굴을 찡그리기도 했습니다. 온몸이 쑤셨고, 걷다가도 졸 정도였습니다. 처음에는 이런 노동자의 삶과 문화적 습관을 얼마든지 병행할 수 있을 것 같았습니다. 그저 일상의 정해진 질서만 지켜가면 된다고 생각했죠. 저는 위층의 잘 꾸며진 방을 차지하고 아침과 저녁 식사 후에는 리큐어를 곁들인 커피를 내오게 했어요. 잠자리에 들어가 〈유럽 통보〉 잡지를 읽었습니다. 하지만 어느 날 이반 신부님이 오셔서 제 리큐어를 단번에 다 마셔버렸고 〈유럽 통보〉도 신부님 댁 차지가 되었습니다. 그도 그럴 것이 여름 내내, 특히 풀 베는 시기에는 침대에 들어갈 틈조차 없었거든요. 헛간이나 숲속 오두막에 쓰러져 자는 게 일상인데 뭘 읽을 수 있겠습니까? 저는 점차 아래층에서 보내는 시간이 늘어났고 부엌에서 하인들과 함께 끼니를 해결하게 되었지요. 예전의 사치스러운 삶에서 남은 거라곤 아버지를 모시던, 그래서 내보내기 어려웠던 하녀 한 명뿐이었습니다.

이곳에 와 처음 몇 년 동안 명예 치안 판사로 선출이 되었습니다. 간혹 시내에 나가 법원 회의에 참석해야 했는데 제겐 즐거운 일이었죠. 어디 나갈 일 없이 두세 달 정도 지내다 보면, 특히 그게 겨울이라면, 검은 프록코트가 그리워지기 시작합니다. 법원에는 프록코트, 제복, 연미복을 입은 법률가들, 교육받은 이들이 있었습니다. 이야기를 나눌 사람 말입니다. 헛간에서 자고 부엌에서 하인들과 밥을 먹던 제가 깨끗한 옷을 입고 가벼운 신발을 신고 가슴팍에 금속 장식을 늘어뜨린 채 안락의자에 앉는다는 건 정말 호사스러운 일이었습니다!

도시에서는 저를 따뜻하게 맞아주었고 저도 교제를 즐겼습니다. 그렇게 알게 된 이들 중 가장 좋았던 사람은 지방법원장 루가노비치였습니다. 두 분 다 아시겠지만 참으로 다정한 분이죠. 이틀이나 이어진 그 유명한 방화범 사건 재판이 끝나고 모두 지쳐버린 어느 날, 루가노비치가 저를 바라보며 '우리 집에 가서 함께 식사하시지요.'라고 하더군요.

뜻밖의 초대였습니다. 저는 루가노비치와 공식 석상에서만 만나 아는 게 없는 사이였고 그의 집에 가본 적도 없었거든요. 저는 숙소에 잠깐 들러 옷을 갈아입고 그의 집으로 갔습니다. 거기서 루가노비치의 아내인 안나 알렉세예브나를 만났죠. 당시 겨우 스물두 살쯤으로 아주 젊었고 반년 전에 첫 아이를 낳았다고 했습니다. 다 지나간 일이라 이제 와서 그 부인의 어떤 점이 그토록 특별해서 제 마음에 들었는지 설명하기는 어렵습니다만, 그날 저녁 식사 때는 모든 것이 너무나 분명했습니다. 그렇게 젊고, 아름답고, 친절하고, 영리하고, 매력적인 여자를 만난 건 난생처음이었습니다. 그 얼굴, 그 다정하고 지적인 눈은 어린 시절 어머니 서랍장 위에 놓인 앨범에서 보았던 것만 같았고 곧바로 오래 알던 사이처럼 가깝게 느껴졌습니다.

그날 재판에서 유대인 네 명이 방화 혐의로 기소되어 유죄 판결을 받았는데 제 생각에는 터무니없는 결과였습니다. 저녁 식사를 하면서 저는 아주 흥분했고 마음이 괴로웠습니다. 무슨 말을 했는지도 기억나지 않아요. 안나 알렉세예브나는 고개를 저으며 남편에게 '드미트리, 어떻게 그럴 수 있죠?'라고 말하더군요.

루가노비치는 선량하고 단순한 사람이었습니다. 기소되었다면 유죄라는 뜻이고 판결의 공정성 논의는 법적으로 서류상으로 제기해야 하는 것이며 저녁 식사나 사적인 대화에는 적절하지 않다고 굳게 믿었지요.

'당신이나 내가 불을 지른 것이 아니지 않소.' 그가 부드럽게 말했습니다. '그러니 우리가 기소되거나 감옥에 갇힐 일은 없어요.'

부부는 제가 더 많이 먹고 마시게 하려고 애쓰더군요. 몇몇 사소한 일들, 두 사람이 함께 커피를 내리거나 굳이 다 설명하지 않아도 서로를 이해하는 모습을 통해 저는 부부가 평화롭고 행복하게 살고 있으며 손님을 환대한다는 걸 분명히 알 수 있었습니다. 식사 후 부부는 함께 피아노를 연주했고 어두워진 다음에야 저는 숙소로 돌아왔습니다. 그게 초봄의 일이었습니다. 저는 온 여름을 소피노에서 보냈고, 도시 생각을 할 겨를조차 없었습니다. 하지만 그동안에도 날씬한 금발 여인의 기억은 늘 남아 있었습니다. 그 부인을 생각했다기보다 그 가벼운 그림자가 제 영혼에 드리워져 있었다고 할까요.

늦가을에 도시에서 자선 공연이 열렸습니다. 휴식 시간에 전갈을 받고 주지사 좌석에 가보니 주지사 부인 옆에 안나 알렉세예브나가 있었습니다. 그 미모와 사랑스럽고 부드러운 눈빛에 저는 다시 한번 강렬한 인상을 받았고 친근감을 느꼈지요.

우리는 나란히 앉아 있다가 로비로 나갔습니다.

'여위셨어요. 어디 편찮으셨나요?' 부인이 물

었습니다.

'네. 어깨가 좀 아파서 비 오는 날에는 잠을 잘 못 잡니다.'

'기운이 없어 보이세요. 봄에 식사하러 오셨을 때는 더 젊고 건강하셨는데요. 그때는 힘이 넘쳐 말도 많이 하시고 참 재미있으셨답니다. 솔직히 말씀드리면 살짝 마음이 흔들릴 정도였어요. 여름에 어쩐지 자주 당신을 생각했어요. 오늘 극장에 오면 당신을 만날 것 같더군요.'

부인이 미소 지었습니다. '오늘은 기운이 없어 보이세요. 그래서 더 나이 든 분 같고요.'

다음 날 저는 루가노비치 부부와 함께 아침을 먹었습니다. 식사 후 부부가 별장에 겨울 채비를 하러 가기에 저도 동행했습니다. 그리고 함께 도시로 돌아왔고 자정 무렵까지 조용하고 가족적인 분위기 속에서 차를 마셨습니다. 벽난로가 활활 타오르고 젊은 어머니는 어린 딸이 잘 자고 있는지 보러 계속 드나드는 그런 분위기 말입니다. 그 후 저는 도시에 갈 때마다 루가노비치 집을 꼭 찾아갔습니다. 부부는 제게 익숙해졌고 저도 그랬습니다. 마치 가족인 양, 저는 예고도 없이 찾아갔죠.

'누가 오셨지?' 멀리 안쪽 방에서 들려오는 그 목소리는 내게 너무도 아름다웠습니다.

'파벨 콘스탄티노비치께서 오셨습니다.' 하녀나 보모는 이렇게 답하곤 했습니다.

안나 알렉세예브나는 걱정스러운 표정으로 내게 늘 묻더군요. '왜 그렇게 오래 안 오셨어요? 무슨 일이라도 있었나요?'

그 눈길, 내게 내민 우아하고 고귀한 손, 평상복, 머리 모양, 목소리, 걸음걸이는 언제나 내 삶에 무언가 새롭고 독특하며 중요한 인상을 남겼습니다. 우리는 오랫동안 이야기를 나누기도, 한참 침묵을 지키며 각자의 생각을 하기도 했어요. 부인이 나를 위해 피아노를 연주한 적도 있습니다. 안주인이 부재중인 경우에는 집에서 기다리며 유모와 이야기를 나누고 아이와 놀아주고 서재의 터키식 소파에 누워 신문을 읽곤 했지요. 그러다 안나 알렉세예브나가 돌아오면 현관으로 나가 맞이하고 사온 물건을 받아 들었습니다. 저는 마치 어린 소년처럼 의기양양하고 좋은 기분으로 물건을 나르곤 했습니다.

걱정 없는 여자는 돼지를 사들인다는 말이 있죠. 루가노비치 부부에겐 걱정이 없었습니다. 그래서 저와 친해졌던 겁니다. 제가 오랫동안 도시에 가지 않으면 아프거나 무슨 일이 생긴 거라 생각해 두 사람 모두 몹시 걱정했습니다. 저처럼 교육을 받고 여러 언어를 구사하는 사람이 학문이나 문학에 종사하는 대신 시골에서 다람쥐 쳇바퀴 돌리듯 힘들게 일하는 것, 그런데도 버는 돈이 별로 없다는 사실을 안타까워했습니다. 제가 늘 고통받는다고 여겼고 제가 말하고 웃고 먹는 건 그저 그 고통을 감추는 행동일 뿐이라고 생각했습니다. 심지어 기분 좋고 즐거운 순간에

조차 부부는 미심쩍다는 시선을 보냈습니다. 채권자의 압박을 받거나 당장 쓸 돈이 부족해 제가 정말로 힘들었던 때, 두 사람이 보여준 모습은 특히 감동적이었습니다. 부부는 창가에서 뭔가 소곤거리더니 이어 남편이 제게 다가와 진지한 표정으로 말했죠. '파벨 콘스탄티노비치, 지금 돈이 필요하다면 절대 사양 마시고 우리 부부한테서 빌려가시길 부탁드립니다.'

그는 귀까지 빨개지더군요. 때로는 부부가 창가에서 소곤거리다가 귀가 빨개진 남편이 다가와 '아내와 저는 당신이 이 선물을 받아주시길 간절히 바랍니다.'라고 말하기도 했습니다.

그러면서 커프스 단추, 담배 케이스, 램프 등을 선물하는 겁니다. 저는 답례로 시골에서 사냥한 가금류나 버터, 꽃을 보냈습니다. 물론 부부는 둘 다 부유했습니다. 저는 돈을 빌려야 하는 일이 많았고 누구한테서든 돈 빌리는 것을 꺼리지 않았지만 그럼에도 루가노비치 부부에게서

만은 빌리고 싶지 않았습니다. 아, 왜 이런 얘기를 하는지 모르겠군요!

저는 불행했습니다. 집에서도, 들에서도, 헛간에서도 그 부인을 생각했습니다. 그렇게 젊고 아름답고 총명한 여자가 이미 마흔 살이 넘어 노인이나 다름없는 따분한 남자와 결혼해 아이를 낳고 사는 비밀을 이해하려고 애썼습니다. 선량하고 따분한 그 남자, 건전한 상식만 늘어놓고 무도회나 파티에서는 명망 있는 이들 곁에서 아무 관심 없다는 표정으로 고개만 끄덕이는 남자. 마치 팔려온 사람처럼 축 처져 누구에게도 도움이 되지 않는, 그럼에도 부인에게서 자녀를 얻고 행복해질 권리가 있다고 믿는 그 남자의 비밀을 이해하고 싶었습니다. 어째서 그 부인이 제가 아닌 그 남자를 만났는지, 어째서 우리 삶에 그런 끔찍한 실수가 일어났는지 알아내고 싶었습니다.

도시에 갈 때마다 부인의 눈빛을 보면 저를 기다리고 있었음을 알 수 있었습니다. 그날 아침부

터 어쩐지 제가 올 거라는 예감이 들었다고 털어
놓기도 했지요. 우리는 오랫동안 이야기를 나누
기도, 침묵을 지키기도 했지만 서로의 사랑을 인
정하지 않고 소심함과 질투 속에 그 사랑을 감췄
습니다. 속마음이 드러날까 봐 두려웠습니다. 저
는 부인을 진심으로 깊이 사랑했지만 끝내 쟁취
해 낼 힘이 없다면 그 사랑은 어디로 가게 되는
것일까 묻지 않을 수 없었습니다. 제 말할 수 없
는 슬픈 사랑이 저를 그토록 아끼고 믿어준 그
남편과 자녀 등 한 가정 전체의 행복한 삶을 단
번에 엉망으로 무너뜨릴 수 있다는 게 믿기지 않
았습니다. 이 사랑은 정당한가? 부인이 나를 따
라나서겠다고 하면 어디로 가야 하나? 부인을
어디로 데려갈 수 있을까? 제가 멋지고 흥미로
운 삶을 사는 존재라면, 예를 들어 조국의 해방
을 위해 싸우는 이라면 유명한 과학자, 예술가,
화가라면 또 모를 일이겠습니다. 부인은 그저 평
범한 환경에서 또 다른 평범한 환경, 어쩌면 전

보다 못한 환경으로 가는 꼴이었습니다. 우리의 행복은 얼마나 오래 지속될까? 내가 병들거나 죽는다면, 아니면 서로에 대한 우리 사랑이 식어버린다면 부인은 어떻게 될까?

부인도 비슷한 생각을 했던 것 같습니다. 남편, 아이, 그리고 사위를 아들처럼 사랑했던 친정어머니를 떠올렸겠지요. 자신의 감정에 굴복한다면 거짓말을 하거나 진실을 말해야 했는데 부인의 입장에서는 둘 다 똑같이 두렵고 불편할 일이었습니다. 부인은 이 사랑이 과연 제게 행복을 가져다줄지, 그렇지 않아도 힘겹고 불행한 제 삶이 한층 더 복잡해지지는 않을지 걱정했습니다. 제 상대가 되기에는 자신이 충분히 젊지도 않고 새로운 삶을 시작할 만큼 부지런하거나 열정적이지도 않다고 생각했습니다. 부인은 제가 현명하고 품위 있는 여자, 훌륭한 주부이자 내조자를 만나 결혼해야 한다는 말을 남편과 자주 나누곤 했습니다. 그러고는 늘 덧붙였습니다, 이 도시를 다

뒤져도 그런 아가씨는 찾기 힘들 거라고.

　그러는 동안 세월이 흘렀습니다. 안나 알렉세예브나는 벌써 두 아이의 엄마가 되었습니다. 제가 루가노비치 집에 가면 하녀가 반갑게 미소 지었고 아이들은 파벨 콘스탄티노비치 삼촌이 왔다고 소리치며 제 목에 매달렸습니다. 모두가 행복해했습니다. 제 마음속에서 일어나는 비밀을 모르는 이들은 저 역시 행복할 거라 생각했습니다. 모두가 저를 고결한 사람이라 여겼습니다. 그래서인지 제가 그 집안에 있을 때 가족의 삶을 더 순수하고 아름답게 만들어준다는 듯 저를 특별하게 대해주었습니다. 안나 알렉세예브나와 저는 종종 함께 극장에 갔는데 늘 걸어 다녔습니다. 극장 안에서 우리는 나란히 앉아 어깨를 맞댔고, 부인 손에서 말없이 오페라글라스를 받아 드는 순간이면 제 곁에 있는 그녀가 제 사람처럼 느껴졌습니다. 서로가 없으면 살 수 없을 것 같았습니다. 하지만 참으로 이상한 일이지요. 우리

는 극장을 나서면서 작별 인사를 하고 마치 모르
는 사람처럼 헤어졌습니다. 도시에서는 이미 우
리 관계에 대해 온갖 소문이 퍼졌지만 그 무엇도
사실은 아니었습니다.

몇 년 전부터 안나 알렉세예브나는 자주 어머
니나 언니를 만나러 가기 시작했습니다. 우울한
모습일 때가 많았고 남편이나 아이들을 보고 싶
지도 않다면서 망가져 버린 자기 삶을 불평했습
니다. 이미 신경 쇠약 치료를 받고 있었습니다.

우리는 그저 침묵했습니다만 제삼자가 있는
상황이 되면 부인이 제게 이상하게 화를 냈습니
다. 무슨 말을 하든 동의해 주지 않았고 제가 논
쟁을 벌이면 상대방 편을 들었습니다. 제가 무언
가를 떨어뜨리면 냉랭한 말투로 '축하합니다.'라
고 했죠.

함께 극장에 갈 때 오페라글라스를 안 가져왔
다고 하면 '잊어버리고 올 줄 알았어요.'라고 말
하는 식이었습니다.

다행인지 불행인지 우리 삶의 모든 것이 언젠가는 끝나는 법입니다. 루가노비치가 서부 어느 지방의 현 지사로 임명되면서 이별의 시간이 왔습니다. 그들은 가구, 말, 별장을 팔아야 했습니다. 별장에 다녀오면서 그 정원과 푸른 지붕을 마지막으로 돌아보았을 때, 모두가 슬퍼했습니다. 하지만 별장하고만 작별하는 게 아니라는 걸 저는 알고 있었습니다. 8월 말에 안나 알렉세예브나는 의사들 조언에 따라 크림반도로 요양을 가고, 얼마 후 루가노비치가 아이들을 데리고 서부로 떠나기로 결정되었습니다.

수많은 환송객들이 역에 나와 안나 알렉세예브나와 인사를 나누었습니다. 부인이 가족과 헤어져 열차에 오르고 발차 신호가 울리기 전, 그 짧은 순간에 저는 부인이 깜빡 잊은 짐 바구니를 들고 객차에 올라갔습니다. 작별 인사를 해야 했습니다. 칸막이 객차 안에서 눈이 마주쳤을 때 더 이상 참지 못하고 저는 부인을 끌어안았습니다. 부인이 제 가슴에 얼굴을 묻었고 하염없이 눈물을 흘렸습니다. 눈물에 젖은 그 얼굴, 어깨, 손에 입을 맞추며 (우리 둘은 얼마나 불행했던지요!) 저는 부인에게 사랑을 고백했고 가슴 찢어지는 아픔과 함께 깨달았습니다. 우리 사랑을 가로막았던 모든 것이 그 얼마나 불필요하고, 하찮고, 기만적이었는지를. 누군가를 사랑하게 되었다면 행복이나 불행, 죄악이나 미덕 따위를 따져서는 안 된다는 것, 더 높고 더 중요한 무언가를 생각해야 한다는 것, 아니 아예 아무것도 따질 필요 없다는 것을.

저는 마지막으로 부인에게 입을 맞추고 손을 잡아주었습니다. 그렇게 우리는 영원히 헤어졌습니다. 기차는 이미 움직이기 시작했고 저는 텅 빈 옆 객실에 앉아 울면서 다음 역까지 갔습니다. 그리고 걸어서 소피노로 돌아갔지요……."

알료힌이 이야기하는 사이에 비가 그치고 해가 났다. 부르킨과 이반 이바니치는 발코니로 나갔다. 햇살을 받아 거울처럼 반짝이는 수영장, 그리고 정원이 아름다운 풍경을 선사했다. 두 사람은 풍경을 감상하는 동시에 안타까움을 느꼈다. 그렇게 솔직한 이야기를 들려준, 선량하고 현명한 눈빛의 알료힌이 학문이나 삶을 더 즐겁게 만들어줄 다른 일에 종사하는 대신 이곳 넓은 영지에 처박혀 다람쥐 쳇바퀴 돌리듯 살고 있다니! 두 사람은 또 알료힌이 칸막이 객차에서 부인에게 작별 인사를 하고 얼굴과 어깨에 입을 맞췄을 때 부인이 얼마나 슬픈 표정이었을지 생각했다. 둘 다 도시에서 부인을 만난 적이 있었다. 게다가 부르킨은 부인과 아는 사이였고 부인이 아름답다고 생각해 왔던 것이다.

개를 데리고 다니는 부인

1

해변에 새로운 인물이, 그러니까 개를 데리고 다니는 부인이 나타났다고 했다. 얄타에서 이미 이 주를 보내 이곳 생활에 익숙해진 드미트리 드미트리치 구로프도 새로운 인물들에 관심을 보이기 시작했다. 구로프는 자그마한 키에 금발인 젊은 부인이 베레모를 쓰고 해변을 걸어가는 모습을 베르네 카페에서 보았다. 하얀 스피츠가 부인 뒤를 따라 다녔다.

그 후 시내 공원과 네거리 광장에서도 하루에

몇 번씩 부인을 볼 수 있었다. 매번 똑같은 베레모를 쓴 채로 하얀 스피츠 한 마리를 데리고 혼자서 걸어 다녔다. 부인이 누구인지 아는 사람은 아무도 없었기에 그저 개를 데리고 다니는 부인이라고만 불렸다.

'남편도, 지인도 없이 혼자 온 부인이라면 알고 지내도 나쁘지 않겠는걸.' 구로프는 생각했다.

그는 마흔이 채 되지 않았지만 부모의 뜻대로 일찍이 대학 2학년 때 결혼해서 벌써 열두 살 난 딸과 중학생 아들 둘을 두었다. 키가 크고 당당한 체구에 눈썹이 짙은 그의 아내는 남편보다 이십 년은 더 늙어 보였다. 아내의 성품은 거만했고, 스스로 지식인이라 자부하며 책을 많이 읽고 최신 철자법에 맞춰서 글을 썼다. 남편을 부를 때는 드미트리가 아니라 디미트리라고 예스럽게 발음했다. 구로프는 아내가 무식하고 편협하며 천박한 여자라고 속으로 생각하면서도 아내가 두려워 집에 있기를 싫어했다. 그는 이미 오래전부터 바람을 피우기 시작했다. 여자들 얘기가 나오면 늘 "저급한 족속!"이라고 몰아붙이며 부정적으로 바라보는 이유도 아마 여기에 있었을 것이다.

여자들을 제멋대로 깎아내려도 될 만큼 쓴맛을 충분히 봤다고 여기면서도 사실 그는 그 '저급한 족속' 없이는 단 이틀도 살 수 없는 위인이었다. 남자들끼리 모여 있으면 지루하고 불편했으며 대화를 이어가기도 어려웠다. 반면 여자들과 있을 때는 자유로움을 느꼈고 무슨 말을 하면 좋을지, 어떻게 처신해야 할지 분명히 알았다. 심지어 침묵이 흘러도 힘들지 않았다. 그의 외모나 성격, 타고난 기질에 무언가 매력이 있는 모양인지 그는 늘 여자들의 관심을 받았다. 그 역시 이 점을 잘 알았고 홀린 듯 여자들에게 빠지곤 했다.

그는 여러 차례의 쓰디쓴 경험을 통해 깨달은 바가 있었다. 여자와 가까워지는 것이 처음에는 인생을 다채롭게 만드는 다정하고 가벼운 모험이지만, 점잖은 사람, 특히 행동이 굼뜨고 우유부단한 모스크바 남자들에게는 결국 아주 복잡한 골칫거리로 변해 곤경에 빠지게 된다는 사실이었다. 하지만 흥미로운 여인과 새로이 만날 때면 이 깨달음이 어느새 기억에서 사라지고 삶의 욕구가 샘솟으며 모든 것이 참으로 단순하고 즐거워졌다.

어느 날 저녁 무렵 구로프가 야외 식당에서 식사를 하고 있는데 베레모를 쓴 부인이 천천히 걸어와 옆 테이블로 향했다. 표정, 걸음걸이, 옷차림과 머리 모양으로 볼 때 상류층의 기혼 여성이며, 얄타는 처음이고, 혼자서 지루한 시간을 보내고 있음이 분명했다……. 이 지역의 자유분방함에 대한 소문에는 와전된 내용이 많았다. 그런 소문은 할 수만 있다면 기꺼이 죄악에 빠지려는 이들이 만들어냈을 뿐이라 경멸해 온 구로프였다. 그럼에도 불과 세 걸음 거리의 테이블에 부인이 자리를 잡자 여자의 마음을 가볍게 얻어내 산지를 함께 여행하는 이야기, 성도 이름도 모르는 미지의 여인과 금세 관계를 맺었다가 헤어질 수 있다는 유혹이 머릿속을 가득 채웠다.

그는 부드럽게 스피츠를 불렀고 개가 다가오자 손가락으로 위협하는 시늉을 했다. 개가 으르렁거렸다. 구로프는 다시 개를 위협했다.

부인이 그를 한번 쳐다보고는 바로 시선을 내리깔았다. "안 물어요." 어느새 얼굴이 홍당무처럼 달아올랐다.

"뼈를 줘도 됩니까?" 부인이 괜찮다고 고개를 끄덕이자 그는 친근한 투로 물었다. "얄타에 오신 지는 오래되었나요?"

"닷새 정도요."

"전 벌써 두 주가 다 되어갑니다."

잠시 침묵이 흘렀다.

"시간이 참 빨리 흐르죠. 근데 여긴 너무 지루하네요." 부인이 그를 쳐다보지 않은 채 말했다.

"여기가 지루하다는 말은 다들 습관처럼 하는
군요. 벨료프나 지즈드라 같은 곳에 살면서도 지
루한 줄 모르던 이들이 여기 와서는 '아 지루해!
아, 이놈의 먼지!'라고 불평하니까요. 그라나다
에서 오기라도 했다는 듯이 말입니다."

부인이 웃음을 터뜨렸다. 이어 두 사람은 모르
는 사이처럼 말없이 식사했다. 하지만 식사 후에
는 함께 걸으며 어느 쪽으로 가든 무슨 말을 하
든 괜찮은, 자유롭고 태평한 사람들이 나누듯 장
난스럽고 가벼운 대화를 시작했다. 산책하며 기
묘한 바다 빛깔에 대해 이야기했다. 라일락색 바
닷물은 너무도 부드럽고 따뜻해 보였고, 수면 위
로 금색 달빛이 비쳤다. 뜨거운 낮이 지나간 후
대기가 얼마나 후덥지근한지에 대해서도 이야
기했다. 구로프는 자신이 모스크바 사람이고 인
문학 전공이지만 은행에서 일한다는 것, 한때 오
페라 가수를 꿈꿨지만 그만두었고 지금은 모스
크바에 집 두 채가 있다는 사실을 말해주었다.

그리고 부인이 페테르부르크에서 자랐지만 이 년 전에 결혼해 S시로 이주했고, 얄타에는 한 달가량 더 머물 계획이며 이곳에서 휴가를 보내고 싶어 하는 남편이 뒤따라오리라는 것을 알게 되었다. 부인은 남편 근무지가 현의 행정부인지 지방의회인지를 설명하지 못했고 스스로도 이를 우스워했다. 또한 구로프는 부인의 이름이 안나 세르게예브나라는 점도 알게 되었다.

숙소로 돌아온 구로프는 부인을, 어쩌면 내일 또다시 만날 수도 있다는 가능성을 생각했다. 꼭 그래야 했다. 그는 잠자리에 들며 부인이 최근까지 자기 딸과 다름없이 학교에 다녔다는 점을, 낯선 사람과 대화하고 웃을 때 부인이 지극히 조심스럽고 어색해한다는 점을 떠올렸다. 부인이 눈치챌 만큼 분명한, 단 하나의 목적을 지닌 낯선 이들이 뒤따라오고 쳐다보고 말을 거는 이런 상황에 난생처음 놓여본 것이 분명했다. 그는 부인의 가냘픈 목, 아름다운 회색 눈동자를 떠올렸다.

'뭔가 애틋한 면이 있단 말이지.' 그는 이렇게 생각하며 잠들었다.

2

부인과 알게 된 지 일주일이 지났다. 그날은 축일이었다. 방 안은 후덥지근했고 바깥에서는 먼지바람이 거세게 불어 모자를 날려 보냈다. 온종일 목이 말라 구로프는 계속 카페를 들락거렸고 안나 세르게예브나에게 음료수나 아이스크림을 권했다. 마땅히 있을 만한 곳이 없었다.

저녁이 되자 바람이 조금 가라앉았다. 두 사람은 부두로 들어오는 증기선을 구경하러 방파제로 나갔다. 선착장은 인파로 붐볐다. 마중 나온 사람들은 꽃다발을 들고 있었다. 잘 차려입은 얄타의 인파는 두 부류로 명확히 구분되었다. 젊은 여자처럼 옷을 입은 중년 부인들, 그리고 장교들이었다.

파도가 심해 증기선은 해가 진 후에야 도착했고 방파제에 닿기까지 오랫동안 방향을 조정했다. 안나 세르게예브나는 아는 사람을 찾기라도 하듯 오페라글라스로 증기선과 승객들을 바라보았고, 구로프에게 말을 걸 때면 눈이 반짝였다. 말이 많았지만 질문들은 연결되지 않았고 질문을 던지자마자 뭘 물었는지 바로 잊어버리는 듯했다. 그러다가 결국 사람들 속에서 오페라글라스를 잃어버렸다.

인파는 어느새 흩어졌고 벌써 얼굴을 분간할 수 없을 정도로 날이 어두워졌지만 구로프와 안나 세르게예브나는 마치 증기선에서 내리는 누군가를 기다리듯 자리를 지켰다. 안나 세르게예브나는 구로프를 쳐다보지 않은 채 말없이 꽃향기를 맡았다.

"저녁이 되니 날씨가 좋아졌습니다." 그가 말했다. "이제 어디로 갈까요? 어디 좀 멀리 나가 볼까요?"

부인은 아무 대답이 없었다.

그는 부인을 뚫어지게 바라보다 갑자기 끌어안고 입을 맞추었다. 꽃의 향기와 습기가 훅 느껴졌다. 그는 곧바로 주위를 둘러보며 혹시 본 사람이 있을지 살폈다.

"당신 방으로 갑시다." 그가 조용히 말했다.

두 사람은 서둘러 걸었다.

부인의 방은 후덥지근했고 일본 상점에서 산 향수 냄새가 났다. 구로프는 부인을 바라보며 생각했다. '살다 보면 얼마나 많은 만남이 있는지!' 별걱정 없이 선량하게 살면서 사랑에 즐거워하고 짧은 기간이나마 그가 준 행복에 감사하는 여자들도 있었다. 반면 그의 아내처럼 필요도 없는 말을 늘어놓고 히스테리와 가식을 부리면서 사랑이나 열정 따위보다 더 중요한 것을 추구하듯 진심 없이 행동하는 부류도 있었다. 또 정말 아름답고 차가웠던 여자들 두셋에 대한 기억도 있었다. 삶이 줄 수 있는 것 이상을 쟁취하고야 말겠다는 표정을 언뜻언뜻 내보이던 그들은 이미 싱싱한 젊음을 흘려보낸 나이였고 변덕스럽고 비이성적이며 강압적이되 지혜롭지 못했다. 마음이 식어버린 후 그 아름다움은 증오를 불러일으켰고 속옷의 레이스는 마치 생선 비늘처럼 느껴졌다.

하지만 지금 이 부인에게는 조심스러움, 경험 없는 청춘의 서투름, 어색한 감정이 여전했다. 누군가 갑자기 문을 두드리기라도 한 듯 당황한 기색도 보였다. 안나 세르게예브나, 그러니까 이 '개를 데리고 다니는 부인'은 방금 일어난 일을 특별하고 아주 심각한 일, 그러니까 자신의 타락이라 여기는 듯했고 이는 참으로 이상하고 부적절하게 느껴졌다. 푹 수그린 얼굴 양옆으로 긴 머리카락을 서글프게 늘어뜨린 부인은 낙담한 모습으로 생각에 잠겨 있었다. 오래된 그림에 나오는 타락한 여인과 똑같았다.

"나쁜 짓이에요." 부인이 입을 열었다. "이제 당신이 저를 존중하지 않는 첫 번째 사람이 되겠군요."

방 탁자 위에 수박이 놓여 있었다. 구로프는 한 조각을 잘라 천천히 먹기 시작했다. 침묵 속에서 적어도 삼십 분이 흘렀다.

안나 세르게예브나는 참으로 순결하고 정숙하며 순진한 젊은 여인이었다. 탁자 위에서 타오르는 초 한 자루가 희미하게 얼굴을 비출 뿐이었지만 그 내면이 편치 않다는 기색쯤은 선명히 드러났다.

"왜 내가 당신을 존중하지 않는다는 거지?" 구로프가 물었다. "당신은 자기가 무슨 말을 하는지도 모르고 있어."

"하느님, 저를 용서하소서." 부인의 눈에 눈물

이 가득 고였다. "정말 끔찍한 일이에요."

"용서받고 싶다는 거군."

"어떻게 용서받겠어요? 저는 저속하고 나쁜 여자예요. 저도 스스로를 경멸하니 용서받을 생각은 없어요. 전 남편이 아니라 저 자신을 속인 거예요. 사실 지금만이 아니라 이미 오래전부터 그래왔어요. 어쩌면 제 남편은 성실하고 좋은 사람인지도 몰라요. 하지만 그이는 그저 하인이에요! 직장에서 뭘 어떻게 하는지는 몰라도 하인이라는 건 알아요. 결혼했을 때 전 스무 살이었어요. 다른 세상이 궁금했고 뭔가 더 나아지고 싶었어요. 이것과 다른 삶이 있을 거라고, 제대로 살고 싶다고 혼자서 되뇌곤 했죠. 그렇게 결혼을 했지만 이후에도 답답해서 미칠 지경이었어요. 당신은 그런 걸 이해 못 하실 테죠. 어떻든 전 더 이상 자신을 통제할 수도 없고, 그냥 참고 있을 수도 없어서 남편한테 아프다고 하고 여기 온 거예요. 그리고 마치 미친 여자처럼 쏘다녔죠……. 결국에는 이렇게 모두가 경멸할 만한 천박하고 타락한 여자가 되어버렸네요."

들고 있던 구로프는 벌써 지루해졌다. 순진한 어조, 너무도 갑작스럽고 부적절한 참회가 짜증스러웠다. 눈에 고인 눈물이 아니라면 농담이나 연기란 생각이 들 지경이었다.

"이해를 못 하겠군." 그가 조용히 말했다. "뭘 원하는 거지?"

부인이 그의 가슴에 얼굴을 묻고는 품속으로 파고들었다.

"내 말을 믿어줘요. 믿어주세요, 제발. 난 정직하고 깨끗한 삶이 좋아요. 죄는 정말 싫어요. 저도 제가 뭘 하는지 모르겠어요. 악마한테 홀렸다는 말이 있죠. 아마 저도 악마한테 홀린 모양이에요."

"됐어, 됐다고." 그가 중얼거렸다.

그는 겁에 질려 미동도 없는 눈동자를 바라보며 입을 맞췄고 부드럽게 달랬다. 부인은 서서히

진정되더니 마침내 다시 명랑해졌다. 두 사람은 웃기 시작했다.

잠시 후 함께 바깥으로 나왔을 때 해변에는 아무도 없었다. 삼나무로 무성한 도시는 완전히 죽은 듯 보였지만 파도는 여전히 웅성거리며 기슭에 부딪혔다. 배 한 척이 바다에 떠 있었고, 그 위에서 등불이 졸린 듯 깜빡였다.

두 사람은 마차를 구해 남쪽의 오레안다로 향했다.

"방금 호텔 로비에서 당신 성을 알았어. 폰 디데리츠라고 써 있더군." 구로프가 말했다. "남편이 독일인인가?"

"아뇨, 할아버지가 독일인이었던 것 같아요. 그이는 정교도예요."

오레안다에서 두 사람은 교회 근처 벤치에 앉아 말없이 바다를 내려다보았다. 아침 안개 속으로 희미하게 얄타가 보였고 산 정상에는 흰 구름이 꼼짝 않고 걸려 있었다. 나뭇잎 사각거리는 소리도 없었고 매미들만 울었으며 아래쪽에서 들려오는 단조롭고 우렁찬 파도 소리는 인간을 기다리는 안식, 영원한 잠에 관해 이야기하는 듯했다. 알타나 오레안다가 없었을 시절에도, 지금도, 우리가 존재하지 않을 미래에도 파도 소리는 똑같이 단조롭고 우렁찰 것이다. 그 항상성, 삶과 죽음에 대한 그 전적인 무관심 속에 우리의 구원, 땅 위에서 계속 이어지는 삶, 그리고 끊임없는 진보가 약속되어 있는지도 모른다. 새벽빛을 받아 한층 아름다워 보이는 젊은 여인과 나란히 앉아 바다, 산, 구름, 드넓은 하늘이라는 환상적인 풍경에 마음을 빼앗긴 채 구로프는 생각했다. 존재의 고귀한 목적과 인간적 가치를 망각한 채 우리가 생각하고 저지르는 일들을 빼고 나면 실상 세상 모든 것이 훌륭하지 않을까.

누군가, 아마도 수위인 듯한 사람이 다가와 두 사람을 살피고는 물러갔다. 이런 사소한 일까지도 아주 비밀스럽고 아름답게 여겨졌다. 페오도시야에서 오는 증기선이 불을 끈 채 아침 노을빛을 받으며 들어오는 것이 보였다.

"풀잎에 이슬이 맺혔어요." 안나 세르게예브나가 침묵 끝에 입을 열었다.

"그렇군. 돌아갑시다."

두 사람은 얄타로 돌아왔다.

둘은 매일 정오에 해변에서 만나 함께 식사하고 산책하며 바다를 즐겼다. 부인은 잠을 설쳤다고, 심장 박동이 불안정하다고 불평했다. 때로는 질투심으로, 때로는 두려움으로 그가 자기를 충분히 존중하지 않는 게 아니냐며 늘 똑같은 질문을 던지곤 했다. 근처에 아무도 없을 때 그는 네거리 광장이나 정원에서 갑작스레 부인을 끌어당겨 열정적으로 입을 맞추었다. 완벽한 여유로움, 누가 볼까 주위를 둘러보며 대낮에 나누는 짜릿한 입맞춤, 더위와 바다 내음, 좋은 옷을 갖춰 입고 한가하게 지나다니는 사람들이 그를 완전히 변화시켰다. 그는 부인이 얼마나 아름답고 매혹적인지 말해주었고 참을 수 없는 열정에 사로잡혀 한 걸음도 떨어지려 하지 않았다. 부인은 종종 생각에 잠겨 그가 자기를 존중하지 않고 전혀 사랑하지 않으며 추악한 여자로 여긴다는 점을 인정하라고 요구했다. 거의 매일 늦은 저녁마다 두 사람은 오레안다 혹은 폭포로, 어디든 나들이를 갔다. 그런 시간은 늘 행복했고 어김없이 아름답고 황홀한 인상을 남겼다.

둘은 부인의 남편이 도착하기를 기다렸다. 하지만 남편은 눈병이 났다며 가능한 한 빨리 집으로 돌아오라는 편지를 보내왔다. 안나 세르게예브나는 서둘렀다.

"잘됐어요. 전 떠나겠어요. 이게 운명이에요."

부인은 마차로 출발했고 그도 동행했다. 온종일 달렸다. 급행열차에 자리를 잡고 발차 벨이 울렸을 때 부인이 말했다. "한 번만 더 당신을 보게 해줘요. 한 번만 더…… 이제 됐어요."

부인은 눈물을 흘리지 않았지만 슬픔에 빠져

아픈 사람처럼 보였다. 얼굴에 경련이 일었다.

"당신을 생각하고…… 기억할게요. 잘 지내세요. 나쁜 기억은 잊어주시고요. 이제 영원히 헤어지는군요. 그래야 해요. 왜냐면 아예 만나지 말았어야 했으니까요. 신께서 당신과 함께하시길."

기차는 금방 멀어졌다. 곧 불빛이 사라지더니 덜컹대는 소리조차 들리지 않았다. 달콤한 미망과 광기를 어서 끝내라고 모두가 작당이라도 한 모양이었다. 홀로 플랫폼에 남은 구로프는 어두운 저편을 바라보며 귀뚜라미 울음소리와 전깃줄이 윙윙대는 소리를 들었다. 막 잠에서 깨어난 느낌이었다. 인생에서 또 한 건의 편력, 혹은 모험이 끝났으며 추억만이 남았다는 생각을 했다……. 마음이 저리고 서글펐으며 가벼운 회한도 느꼈다. 두 번 다시 볼 수 없을 이 젊은 부인은 사실 그와 있을 때 행복하지 않았다. 그는 친절했고 진심을 다했지만 그럼에도 부인을 대하는 어조와 손길에는 가벼운 조롱, 그리고 나이가 두

배나 많은 행복한 남자의 저속한 오만이 담겨 있
었다. 부인은 항상 그를 선량하고 특별하며 고결
한 사람이라고 불렀으니 본모습을 알아차리지
못한 게 분명했다. 의도치 않게 속였다고나 할
까……

역에 있으니 벌써 가을 느낌이 났다. 바람이
차가웠다.

'이제 나도 북쪽으로 돌아갈 때가 되었군. 자,
가자고!' 플랫폼을 나서며 그는 생각했다.

3

모스크바의 집은 이미 겨울 분위기였다. 벽난로를 때고, 아침에 아이들이 학교 갈 준비를 하며 차를 마실 때도 집 안이 깜깜해서 유모가 잠시 불을 밝히곤 했다. 기온은 영하로 떨어지기 시작했다. 첫눈이 올 때 제일 먼저 썰매를 타고 나가 하얀 땅, 하얀 지붕을 보고 또 상쾌한 공기를 들이마시는 경험은 정말 유쾌하다. 그럴 때면 어린 시절이 떠오르게 마련이다. 하얗게 서리 내린 늙은 보리수와 자작나무는 선량한 느낌이라 삼나무나 종려나무보다 더 마음에 와닿는다. 그 옆에서는 산이나 바다 생각이 나지 않는다.

모스크바 사람인 구로프는 영하의 맑은 날씨에 고향 도시로 돌아왔다. 털외투에 따뜻한 장갑으로 무장한 채 페트로프카 거리를 거닐고 교회의 토요일 저녁 종소리를 들으니 얼마 전 떠났던 여행이나 머물렀던 장소가 모두 매력을 잃었다. 조금씩 모스크바의 삶에 다시 젖어든 그는 매일 신문을 세 종류씩이나 읽어대면서도 말로는 모스크바 신문을 읽지 않는 게 자기 원칙이라고 주장했다. 레스토랑이나 클럽, 식사 초대나 기념일 모임에 가고 싶어 몸이 근질거렸다. 유명한 변호사나 배우들이 자기 집에 찾아오고, 박사들을 위한 클럽에서 교수와 카드게임을 한다는 사실에 우쭐했다. 그는 모스크바 식 생선수프 1인분도 거뜬히 먹어치울 수 있었다······.

그럭저럭 한 달만 지나고 나면 안나 세르게예브나도 기억 속에서 희미해지고 다른 여자들이 그랬듯 어쩌다 꿈속에서나 애틋한 미소를 지으리라고 생각했다. 하지만 한 달이 훌쩍 지나 한 겨울이 되었는데도 바로 어제 헤어진 듯 모든 것이 여전히 선명했다. 아니, 기억은 점점 더 강렬해졌다. 숙제하는 아이들 목소리가 서재로 새어 들어오는 고요한 저녁 시간이든, 레스토랑에서 로망스나 오르간 연주를 들을 때든, 벽난로 속에서 눈보라 치듯 윙윙거리는 소리가 들릴 때든, 불현듯 기억이 솟구치곤 했다. 방파제에서 일어난 일, 산 위에서 맞은 안개 낀 아침, 페오도시야에서 온 증기선, 그리고 입맞춤. 그는 오랫동안 방 안을 서성이며 회상하고 미소 지었다. 어느새 기억은 소망이 되고 과거가 미래와 뒤섞였다. 안나 세르게예브나는 꿈에 나타나는 것이 아니라 그림자처럼 그를 따라다녔다. 눈을 감으면 바로 앞에 있는 듯 부인이 보였다. 전보다 더 아름답고 젊고 부드러운 모습이었다. 그 자신도 얄타에 있던 때보다 더 멋있어진 듯했다. 저녁마다 부인은 책장에서, 벽난로에서, 방구석에서 그를 바라보았다. 그는 부인의 숨소리와 옷자락 사각거리는 소리를 들었다. 거리에서는 혹시 부인과 비슷한 여인이 없는지 찾느라 바빴다…….

이 기억을 누구한테든 털어놓고 싶다는 열망이 그를 사로잡았다. 하지만 집에서는 그 사랑에 대해 이야기할 수 없었고 집 밖에는 마땅한 상대가 없었다. 세입자나 은행 사람들과 이런 대화를 할 수는 없지 않은가. 하긴 무얼 말해야 하는지도 불분명했다. 과연 그게 사랑이었을까? 안나 세르게예브나에 대한 그의 태도에 뭔가 아름답고 시적인, 아니면 교훈적인, 하다못해 그저 재미있는 무언가가 있기라도 했나? 결국 그는 사랑이나 여자에 대해 애매한 소리를 늘어놓을 수밖에 없었고 아무도 속내를 파악하지 못했다. 그저 그의 아내만이 짙은 눈썹을 치켜뜨며 "디미트리, 한량인 척해봐야 당신한테 전혀 안 어울려."라고 말할 뿐이었다.

어느 날 밤, 카드게임 짝인 어느 관리와 박사 클럽에서 나오면서 그는 참지 못하고 말해버렸다. "글쎄, 얄타에서 너무도 매혹적인 여인을 알게 됐답니다!"

관리는 썰매에 타고 출발하려다 갑자기 고개를 돌려 소리쳤다. "드미트리 드미트리치 씨!"

"네?"

"일전에 하신 말씀이 맞았어요. 철갑상어가 상했더라고요!"

너무도 평범한 이 말에 구로프는 갑자기 당황했고 모욕감을 느꼈다. 얼마나 야만적이고 추악한 사람들인가! 무의미한 밤과 지루한 낮들은 도대체 무엇을 위한 것인가! 카드게임, 폭식, 만취, 늘 똑같은 이야기들이라니! 필요도 없는 일과 늘 반복되는 대화가 인생 최고의 시간, 최고의 에너지를 차지해 버리고 결국에는 날개가 잘려버린, 무가치하고 짧은 말년이 남을 뿐이다. 이 상황을 떠나거나 도망치기는 불가능하니 삶이란 정신병원이나 감옥에 갇힌 것과 무엇이 다른가!

구로프는 밤새 잠들지 못하고 괴로워하다가 다음 날에는 종일 두통에 시달렸다. 이어지는 밤에도 침대에 앉아 생각에 잠기거나 방을 서성였다. 아이들도, 은행도 지겨웠으며 어디도 가고 싶지 않았고 아무 말도 하고 싶지 않았다.

12월 축일에 그는 여행 채비를 했다. 아내에게는 어느 젊은이의 일을 봐주러 페테르부르크로 간다고 해두고 S시로 향했다. 도대체 왜? 그 자신도 이유를 알지 못했다. 안나 세르게예브나를 만나 이야기를 나누고 가능하다면 함께 시간을 보내고 싶었다.

아침에 S시에 도착한 그는 호텔에서 가장 좋은 방을 잡았다. 바닥에 회색 군용 나사천이 깔렸고 탁자 위 잉크병은 먼지가 쌓여 회색이었다. 잉크병을 장식하는 말 탄 기병 조각상은 모자 든 팔을 높이 올린 모습이었는데 머리 부분이 깨져

나가고 없었다. 호텔 급사가 필요한 정보를 다 알려주었다. 폰 디데리츠 씨는 호텔에서 멀지 않은 스타로곤차르나야 거리의 자택에 사는데 부유하고 풍족해 말도 여러 마리 가졌으며 모든 시민들이 알 만한 인물이라고 했다. 급사는 그 이름을 드리디리츠라고 발음했다.

구로프는 천천히 스타로곤차르나야 거리로 가서 그 집을 찾았다. 집 앞으로 뾰족하게 못이 박힌 회색 담장이 이어져 있었다.

'저 담장에서 도망친 거로군.' 구로프는 창문과 담장을 번갈아 바라보며 생각했다.

그는 궁리를 해보았다. 오늘은 근무일이 아니니 남편이 분명 집에 있을 것이다. 다짜고짜 집에 들어가는 건 어떻든 눈치 없는 짓이다. 서신을 보냈다가 남편 손에 들어가기라도 하면 낭패다. 기회를 기다리는 편이 낫다. 그래서 그는 계속 거리를 오가며 담장 근처에서 기회를 기다렸다. 대문으로 들어가는 거지에게 개들이 덤벼드는 것도 보았고 한 시간쯤 후에는 희미한 피아노 소리도 들었다. 안나 세르게예브나의 연주가 틀림없었다. 현관문이 벌컥 열리고 웬 노파가 나오기도 했는데 낯익은 흰 스피츠가 뒤를 따랐다. 구로프는 개를 부르고 싶었지만 갑자기 심장 박동이 뛰며 흥분한 탓에 스피츠 이름이 기억나지 않았다.

집 주위를 서성이던 그는 회색 담장을 점점 더 증오하게 되었다. 그리고 안나 세르게예브나가 이미 그를 잊고 다른 남자와 놀아나고 있을지도 모른다고, 아침부터 저녁까지 저 망할 놈의 담장을 바라봐야 하는 젊은 여자에겐 그게 오히려 당연한 일이라고 생각하며 혼자 분노했다……. 그는 호텔 방으로 돌아와 뭘 해야 할지 모르고 한참 소파에 앉아 있다가 밥을 먹고는 오래 잠을 잤다.

'정말이지 바보 같고 한심하군.' 잠에서 깨어난 그가 어두운 창을 바라보며 생각했다. 벌써 저녁때였다. '도대체 왜 일어난 거지. 이제 밤새

뭘 해야 한담?'

그는 꼭 병원 물건처럼 보이는 싸구려 회색 담요 위에 앉아 스스로에게 짜증을 냈다.

'이게 바로 개를 데리고 다니는 부인이란 말이지…… 이 정도가 네놈의 모험이고 말이야……. 여기 방구석에나 앉은 꼴이라니.'

불현듯 아침에 역에서 본 광고판 생각이 났다. '게이샤' 극 초연을 알리는 글자가 대문짝만 했던 것이다. 그는 극장으로 향했다.

'첫 회를 관람하러 올 확률이 아주 높지.' 그는 생각했다.

극장은 만원이었다. 지방 극장이 다 그렇듯 담배 연기가 샹들리에보다 더 높이 자욱했고 위쪽 일반석은 몹시 소란스러웠다. 1층 앞쪽에는 이 지역 멋쟁이들이 뒷짐을 진 채 서 있었다. 현 지사 전용 구역을 살피니 모피 목도리를 두른 현 지사 따님이 첫 줄에 앉았고 정작 현 지사는 커튼 뒤에 있어 손만 보였다. 무대의 막이 흔들리고 오케스트라는 오랫동안 조율을 했다. 관객들이 들어와 자리를 찾는 내내 구로프는 정신없이 사방을 살폈다.

마침내 안나 세르게예브나가 들어왔다. 세 번째 줄이었다. 부인을 보자마자 심장이 오그라들었다. 이 세상을 통틀어 그 부인보다 더 가깝고 소중하고 중요한 사람은 없다는 진실이 명확해졌다. 지방 도시의 촌스러운 인파에 섞여 값싼 오페라글라스를 든 부인, 어느 모로 보나 특별할 것 없는 자그마한 그 여인이야말로 그의 삶 전체를 채우는 슬픔이자 기쁨이요, 간절히 원하는 유일한 행복이었다. 형편없는 오케스트라 연주와 바이올린 소리를 들으며 그는 부인이 얼마나 아름다운지 모르겠다고 생각했다. 생각하고 또 소망했다.

구레나룻을 짧게 기른 젊은이가 안나 세르게예브나와 함께 들어오더니 옆자리에 앉았다. 키가 아주 크고 등이 구부정했는데 걸을 때마다 고

개를 흔들며 계속 인사를 하는 듯했다. 부인이 알타에서 고통스러워하며 하인이라 부르던 남편인 분명했다. 정말이지 그의 기다란 체형과 구레나룻, 약간 벗겨진 머리에는 어쩐지 하인 같은 소심함이 엿보였다. 다정하게 미소 짓는 그의 옷깃에서는 꼭 웨이터의 번호표처럼 보이는 학자 배지가 반짝였다.

첫 번째 휴식 시간에 남편은 담배를 피우러 나갔고 부인은 자리에 앉아 있었다. 역시 1층 좌석에 있던 구로프가 다가가 억지 미소를 지으며 떨리는 목소리로 말했다. "잘 지냈어요?"

부인은 그를 보자마자 얼굴이 새하얗게 변했다. 자기 눈을 믿을 수 없다는 듯 경악하며 다시 한번 쳐다보더니 오페라글라스와 부채를 힘껏 움켜쥐었다. 기절해 쓰러지지 않으려 안간힘을 쓰는 모습이었다. 두 사람 다 말이 없었다. 부인은 그대로 앉아 있었고 당황하는 모습에 놀란 그는 감히 곁에 앉을 생각을 하지 못한 채 서 있었다. 바이올린과 플루트를 조율하는 소리가 울리자 갑자기 두려워졌다. 모두가 자신을 쳐다보는 것 같았다. 그 순간 부인이 벌떡 일어나더니 재빨리 출구 쪽으로 걸어갔고 구로프도 뒤따랐다. 두 사람은 어디로 가야 할지 모른 채 복도와 계단을 따라 오르다가 내려가기를 반복했다. 법조인, 교사, 왕실 제복 차림 사람들이 눈앞을 스쳐 지나갔는데 모두 배지를 달고 있었다. 여자들과 옷걸이에 걸린 코트들이 지나가는가 싶더니 바람이 불며 찌든 담배 냄새가 풍겼다. 구로프의 심장이 마구 뛰었다. '아, 하느님! 이 사람들, 이 오케스트라를 도대체 어떻게 해야……'

그 순간 어느 저녁 무렵 역에서 안나 세르게예브나를 배웅하며 모든 것이 끝났고 두 번 다시 만나지 않으리라고 혼잣말하던 일이 불현듯 떠올랐다. 하지만 정말로 모든 일이 다 끝나려면 아직 얼마나 멀었는지!

'계단 좌석 입구'라고 쓰인 좁고 어두운 계단

에서 부인이 멈춰 섰다. "어떻게 이렇게 놀라게 하실 수가 있어요?" 여전히 창백한 모습으로 힘겹게 숨을 들이쉬며 부인이 말했다. "정말 어떻게 이렇게 놀라게 하시는지! 전 정말이지 죽는 줄 알았어요. 도대체 왜 오셨어요? 왜?"

"이해해 줘, 안나, 이해해 줘요." 그는 작은 소리로 서둘러 말했다. "제발 이해해 줘요."

부인은 두려움과 애원과 사랑을 담은 표정으로 그를 응시했다. 기억 속에 더 생생하게 그의 모습을 담아두려는 듯했다.

"전 너무 힘들었어요!" 그의 말을 듣지 않은 채 부인이 말을 이었다. "늘 당신 생각을 했어요. 당신 생각으로 살았다고요. 잊고 싶었는데, 그래요, 잊고 싶었는데, 도대체 왜 여기 오신 거예요?"

위쪽 계단참에서 십 대 학생 둘이 담배를 피우며 아래를 내려다보았지만 구로프는 상관하지 않았다. 안나 세르게예브나를 끌어당겨 얼굴과 볼, 손에 입 맞추기 시작했다.

"뭐 하시는 거예요? 무슨 짓이세요!" 겁에 질린 부인이 그를 밀쳐냈다. "당신이랑 나는 정신이 나갔어요. 오늘 당장 떠나세요, 지금 당장…… 제발 부탁이에요, 제발. 이쪽으로 사람들이 와요!"

계단을 따라 누군가 올라오는 소리가 들렸다.

"지금 떠나셔야 해요." 안나 세르게예브나가 속삭이는 소리로 말을 이었다. "아시겠어요, 드미트리 드미트리치? 제가 모스크바로 갈게요. 전 행복한 적이 없었고 지금도 행복하지 않고 아마 앞으로도 절대 행복할 수 없을 거예요. 절대로요! 이제 절 그만 괴롭히고 가세요! 약속할게요, 제가 모스크바로 간다니까요. 하지만 지금은 헤어져요. 나의 사랑하는 사람, 소중한 사람, 좋은 사람, 이제 가세요!"

부인은 그의 손을 한번 잡아주더니 계속 돌아보며 재빨리 아래로 내려갔다. 정말로 불행하다는 것을 보여주는 눈빛이었다. 구로프는 잠시 그

대로 선 채 소리에 귀를 기울였다. 주변이 완전히

조용해졌을 때 자기 외투를 찾아 극장을 나섰다.

4

이후 안나 세르게예브나가 모스크바로 그를 만나러 오기 시작했다. 두세 달에 한 번, 남편에게 산부인과 질환 때문에 교수님과 상담한다 하고 S시를 떠나곤 했다. 남편은 믿는 것 같기도, 믿지 않는 것 같기도 했다. 모스크바에서는 '슬라브 시장'이라는 호텔에 묵었고 도착하자마자 구로프에게 빨간 모자 쓴 사람을 보내곤 했다. 그렇게 구로프는 부인을 만났고 모스크바의 그 누구도 이 사실을 알지 못했다.

어느 겨울 아침, 그는 전처럼 부인을 만나러 가고 있었다. 전날 저녁, 그가 없을 때 부인이 사람을 보냈던 것이다. 옆에는 딸이 있었다. 그가 학교에 데려다주려고 함께 가는 길이었다. 크고 축축한 눈송이가 떨어졌다.

"영상 3도인데도 눈이 내리는구나." 구로프가 딸에게 말했다. "하지만 땅 표면만 이렇게 따뜻한 거지, 대기권 상층부의 온도는 전혀 다르단다."

"아빠, 겨울에는 왜 벼락이 안 쳐요?"

그는 그 점도 설명해 주었다. 그러면서 생각했다. 자기가 지금 밀회 장소로 가고 있다는 사실을 세상 누구도 모르며 앞으로도 절대 알 수 없으리라고. 그에게는 두 가지 삶이 있었다. 하나는 누구나 볼 수 있는 삶, 주변인들과 똑같이 조건부의 진실과 기만으로 가득 찬 삶이었다. 다른 하나는 비밀리에 이어지는 삶이었다. 여러 상황이 기묘하게 혹은 우연하게 엮이면서 그에게 중요하고 흥미롭고 꼭 필요한 것, 자신을 속이지 않는 진실, 그 삶의 핵심은 다른 사람 몰래 이루어졌다. 반면 진실을 숨기기 위해 숨어든 거짓이나 빈 껍데기, 예를 들어 은행에서의 업무, 클럽에서의 논쟁, 예의 '저급한 족속' 주장, 부부 동반으로 참석하는 모임 등은 모두에게 드러나 있었다. 그는 자기 기준으로 남을 판단했기에 눈에 보이는 대로 믿지 않았고 누구든 비밀리에 진짜 흥미로운 인생을 보낸다고 여겼다. 개개인의 사적인 면은 모두 비밀에 싸여 있다. 교양 있다는 사람들이 사생활 보호에 그토록 예민하게 구는 이유도 어쩌면 거기 있는지 몰랐다.

딸을 학교에 데려다준 후 구로프는 '슬라브 시장'으로 향했다. 아래층에서 외투를 벗고 위로 올라가 조용히 문을 두드렸다. 그가 좋아하는 회색 원피스를 입은 안나 세르게예브나는 긴 여정 후 전날 저녁부터 기다린 탓에 지쳐 보였다. 얼굴이 창백했고 그를 보고도 미소 짓지 않았다. 그리고 그가 방으로 들어서자마자 품으로 파고

들었다. 한 이 년은 만나지 못한 것처럼 둘의 입
맞춤은 길고도 길었다.

"어떻게 지냈어?" 그가 물었다. "뭐, 새로운 소
식은 없고?"

"잠깐만요. 지금 이야기할게요. 아, 못 하겠어
요." 부인은 우느라 말을 잇지 못했다. 등을 돌리
고 손수건을 눈가에 가져다 댔다.

'그래, 좀 울게 해주자. 난 그냥 앉아 있으면
되니.' 구로프는 이렇게 생각하고 안락의자에
앉았다.

이어 그는 벨을 울려 차를 주문했다. 구로프가
차를 마시는 내내 부인은 창밖을 바라보며 뒤돌
아 서 있었다……. 마치 도둑처럼 사람들의 시선
을 피해 비밀스럽게 만날 수밖에 없는 서글픈 상
황이 한탄스러워 부인은 계속 눈물을 흘렸다.

"이제 그만하지." 그가 말했다.

이 사랑이 금방 끝나지 않을 것이며 언제 끝날
지도 알 수 없다는 점은 분명했다. 안나 세르게

예브나의 애정은 점점 더 커지기만 했다. 언젠가 관계를 끝내야 한다는 말은 차마 할 수 없었다. 말한다 한들 부인은 믿지도 않을 것이었다.

그는 부인을 달래기 위해 장난스럽게 어깨를 어루만지며 토닥였다. 그리고 그 순간 거울 속의 자신을 보았다.

벌써 머리카락이 세기 시작했다. 몇 년 새 자신이 이렇게 늙고 추해졌다니 이상했다. 그의 손 아래 놓인 어깨는 따스했지만 떨고 있었다. 이 인생, 아직 이렇게 따스하고 아름답지만, 머지않아 그가 그렇듯 퇴색하고 시들게 될 이 인생에 그는 연민을 느꼈다. 도대체 이 여자는 왜 이토록 자신을 사랑하는 것일까? 전에 만난 여자들은 있는 그대로의 그가 아닌, 상상 속에서 만들어내 평생 애타게 찾아 헤맸던 그런 모습을 사랑했다. 그리고 실수를 깨달은 후에도 여전히 사랑했다. 그와 함께 있어 행복했던 사람은 그중 단 한 명도 없었다. 세월이 흐르면서 만났다가 사귀고 헤어지기를 반복하면서 그 역시 단 한 번도 사랑한 적이 없었다. 뭐라 이름을 붙이든 사랑은 절대 아니었다.

그리고 머리가 세기 시작하는 지금에야 그는 난생처음으로 진짜 사랑을 하게 된 것이다.

안나 세르게예브나와 그는 가까운 가족이, 남편과 아내가, 애틋한 친구들이 하듯 그렇게 서로를 사랑했다. 운명이 두 사람을 그렇게 맺어주었다고 믿었다. 도대체 왜 각자 엉뚱한 결혼을 했는지 이해할 수 없었다. 둘은 어쩌다 붙잡혀 서로 다른 새장에 갇혀버린 한 쌍의 철새 같았다. 두 사람은 과거의 부끄러움을 서로 용서했고 현재의 모든 것도 용서했으며 그 사랑이 자신들을 바꿔놓았다고 느꼈다.

이런 서글픈 순간에 그는 머릿속에 떠오르는 온갖 논리로 마음을 달래곤 했지만 지금은 그렇게 되지 않았다. 그저 깊은 공감과 연민을 느끼며 진실하고 다정한 존재가 되어주고 싶을 뿐이었다…….

"그만해요, 내 사랑." 그가 말했다. "좀 울었으니 이제…… 같이 얘길 하면서 뭔가 방도를 찾아보자고."

서로 다른 도시에 살면서 한참을 만나지 못하고 가끔씩 남몰래 숨어서 봐야 하는 상황을 어떻게 벗어날 수 있을지 두 사람은 길게 의논했다. 견디기 어려운 이 속박에서 놓여날 방법은 무엇일까.

"어떻게 해야 하지? 어떻게?" 머리를 감싸며 그가 중얼거렸다. "어떻게?"

그러자 조금만 더 있으면 해결책이 나올 것 같다는, 그러면 새롭고 아름다운 인생이 시작되리라는 예감이 들었다. 아직 멀고도 먼 길이 남아 있으며 가장 복잡하고 어려운 일이 이제 막 시작되었다는 사실을 두 사람 모두 알고 있었다.

사랑에 관한 질문들

이 책은 안톤 체호프의 작품들 중 사랑을 소재로 한 네 편을 모아 묶은 것이다. '사랑'을 소재로 했다고 하니 찬란한 환희의 순간이나 극적인 사랑 쟁취 이야기를 기대할지 모르겠다. 하지만 체호프의 작품들 속 사랑은 서로에게 푹 빠져 행복하다가 결혼으로 마무리되는 그런 종류가 아니다.

이 책의 네 작품 중 세 작품은 이루어지지 못

하는 사랑을 담았다. 이미 결혼한 상태여서, 혹은 가족의 반대에 부딪쳐서 그렇다. 그리고 나머지 한 작품은 결혼한 부부의 사랑 이야기다.

〈사랑에 관하여〉는 독신 지주 남성이 이웃 귀족의 부인을 사랑하게 되는 이야기다. 남성은 부인의 자녀들을 포함해 전 가족에게 다정한 삼촌 대접을 받으면서 마음속에서만 사랑을 간직한다. 결국 그 가족이 멀리 떠나게 되어 헤어지는 순간이 되어서야 진심을 고백하고 부인도 같은 마음임을 확인한다. 가슴 찢어지는 아픔과 함께 깨달으면서 말이다.

우리 사랑을 가로막았던 모든 것이 그 얼마나 불필요하고, 하찮고, 기만적이었는지를. 누군가를 사랑하게 되었다면 행복이나 불행, 죄악이나 미덕 따위를 따져서는 안 된다는 것, 더 높고 더 중요한 무언가를 생각해야 한다는 것, 아니 아예 아무것도 따질 필요 없다는 것을.

〈개를 데리고 다니는 부인〉은 유부남과 유부녀의 사랑을 그렸다. 각기 홀로 휴양지를 찾은 두 사람은 함께 시간을 보내며 연인으로 지낸다. 휴양지를 떠나 집으로 돌아가면 아무렇지도 않게 잊힐 것이라 여겼던 그 사랑은 두 사람의 마음에서 사라지지 않는다. 결국 다시 먼 거리를 오가며 만나기 시작하고 그것이 진짜 사랑임을 깨닫는다.

머리가 세기 시작하는 지금에야 그는 난생처음으로 진짜 사랑을 하게 된 것이다.

안나 세르게예브나와 그는 가까운 가족이, 남편과 아내가, 애틋한 친구들이 하듯 그렇게 서로를 사랑했다. 운명이 두 사람을 그렇게 맺어주었다고 믿었다. 도대체 왜 각자 엉뚱한 결혼을 했는지 이해할 수 없었다. 둘은 어쩌다 붙잡혀 서로

이상원

서울대학교 가정관리학과와 노어노문학과를 졸업하고 한국외국어대학교 통번역대학원에서 석사와 박사 학위를 받았다. 서울대학교 기초교육원 강의 교수로 글쓰기 강의를 하고 있다. 《이반 일리치의 죽음》, 《적을 만들지 않는 대화법》, 《아버지와 아들》, 《짧고 굵게 읽는 러시아 역사》 등 90여 권의 책을 우리말로 옮겼다. 저서로는 《매우 사적인 글쓰기 수업》, 《서울대 인문학 글쓰기 강의》, 《번역은 연애와 같아서》, 《엄마와 함께한 세 번의 여행》, 《나를 일으키는 글쓰기》 등이 있다.

다른 새장에 갇혀버린 한 쌍의 철새 같았다. 두 사람은 과거의 부끄러움을 서로 용서했고 현재의 모든 것도 용서했으며 그 사랑이 자신들을 바꿔놓았다고 느꼈다.

〈다락방이 있는 집〉은 청년과 아가씨의 만남 이야기다. 화가인 청년은 세 모녀가 사는 집에 드나들면서 막내딸과 사랑에 빠지지만 가족의 중심인 맏딸의 반대에 부딪힌다. 러시아 민중이 처한 상황을 해결하기 위해 교육과 의료, 그리고 지역사회 정치에 열중하는 맏딸 눈에 하릴 없이 시간을 보내며 반대 논리만 펼치는 화가는 동생의 상대로 영 맞지 않았던 것이다. (낙후된 러시아 사회의 개선 방향을 둘러싼 두 사람의 논쟁은 그 자체로 픽 흥미진진하다.) 청년의 무기력한 삶에 빛을 비춰주었던 사랑은 그렇게 짧게 끝나고 만다.

이제 나는 다락방이 있는 집을 잊기 시작했다.

다만 글을 쓰거나 책을 읽을 때 가끔 이유도 없이 갑자기 창문의 녹색 불빛, 밤의 들판을 울리던 내 발걸음 소리가 떠오를 뿐이다. 사랑에 빠진 채 집으로 돌아가며 추위에 곱은 손을 문지르던 그때의 기억. 더 드물게는 외롭고 슬픈 순간에 희미해져 가는 기억에 잠기면서 누군가도 나를 기억하고 기다릴 것 같다는, 언젠가 만나게 될 것 같다는 생각이 들곤 한다.

〈그와 그녀〉는 이미 함께 살고 있는 두 남녀의 이야기다. 유명 가수인 아내와 매니저로 따라다니는 남편의 부부관계가 과연 어떠한 것인지를 제삼자의 시각, 남편의 편지, 아내의 편지로 나눠서 살피고 있다. 세 가지는 각기 다르지만 무엇이 맞는 얘기인지는 알 수 없다. 아니, 모두 맞는 얘기일지도 모르겠다. 사랑이나 관계는 어차피 보는 사람마다 생각이 다르니 말이다. 술에 취해 엉망으로 내갈긴 남편의 편지와 문법 오류

하나 없이 단정한 아내의 편지 중에 어느 쪽이
더 진실을 담고 있는지 갸우뚱하게 만드는 색다
른 재미도 담겨 있다.

이 책에 실린 작품들은 길지 않아 빨리 읽힌
다. 하지만 오래 남는 질문을 던진다. 사랑은 어
떻게 생겨나는 것인지, 누군가를 사랑하게 되었
다면 정말로 죄악이나 미덕 따위를 따질 필요가
없는 것인지, 뒤늦게 진짜 사랑을 찾았다면 어떻
게 해야 하는 것인지, 지금 내가 하는 사랑은 상
대방이 하는 사랑과 어떤 점이 같고 어떤 점이
다른지 등등. 백 년이 훌쩍 넘는 세월이 지났지
만 체호프가 펼쳐 놓은 질문들은 지금도 여전한
고민거리가 된다.

이상원

불멸의 연애 시리즈 06

사랑에 관하여

초판 1쇄 발행 2025년 12월 10일

지은이 안톤 체호프
옮긴이 이상원
펴낸이 이혜경
기획·관리 김혜림
편집 변묘정, 박은서
디자인 여혜영
마케팅 양예린

펴낸곳 니케북스
출판등록 2014년 4월 7일 제300-2014-102호
주소 서울시 종로구 새문안로 92 광화문 오피시아 1717호
전화 (02) 735-9515
팩스 (02) 6499-9518
전자우편 nikebooks@naver.com
블로그 blog.naver.com/nikebooks
페이스북 facebook.com/nikebooks
인스타그램 (니케북스) @nike_books
　　　　　　 (니케주니어) @nikebooks_junior

© 니케북스 2025

ISBN 979-11-94706-25-0 02890